Fim de poema

PERCURSOS LITERÁRIOS DE SOL A SOL

Fim de poema

Juan Tallón

Tradução: Rubia Goldoni e Sérgio Molina
Apresentação: Bruna Beber

Esta obra foi publicada originalmente em espanhol com o título FIN DE POEMA.
© 2015, Juan Tallón
© 2023, Editora WMF Martins Fontes Ltda., São Paulo, para a presente edição
Direitos de tradução intermediados pela agência literária DOS PASSOS.

Todos os direitos reservados. Este livro não pode ser reproduzido, no todo ou em parte, armazenado em sistemas eletrônicos recuperáveis nem transmitido por nenhuma forma ou meio eletrônico, mecânico ou outros, sem a prévia autorização por escrito do editor.

1ª edição 2023

Poente é um selo editado por Flavio Pinheiro

Tradução: Rubia Goldoni e Sérgio Molina
Acompanhamento editorial: Diogo Medeiros
Revisões : João Ricardo Milliet e Sandra Garcia Cortés
Produção gráfica: Geraldo Alves
Projeto gráfico: Gisleine Scandiuzzi
Paginação: Renato Carbone
Capa: Thiago Lacaz
Imagem da capa: Raul Mourão

Dados Internacionais de Catalogação na Publicação (CIP)
(Câmara Brasileira do Livro, SP, Brasil)

Tallón, Juan
      Fim de poema / Juan Tallón ; tradução Rubia Goldoni e Sérgio Molina.
– São Paulo, SP : Poente, 2023.

      Título original: Fin de poema.
      ISBN 978-65-85865-00-5

      1. Ficção espanhola I. Título.

23-174393   CDD-863

Índice para catálogo sistemático:
1. Ficção : Literatura espanhola   863

Tábata Alves da Silva – Bibliotecária – CRB-8/9253

Todos os direitos desta edição reservados à
Editora WMF Martins Fontes Ltda.
Rua Prof. Laerte Ramos de Carvalho, 133 01325-030 São Paulo SP Brasil
Tel. (11) 3293-8150 e-mail: info@wmfmartinsfontes.com.br
http://www.wmfmartinsfontes.com.br

Ao meu amigo Michel Lafon

APRESENTAÇÃO

A morte morre de rir mas a vida
morre de chorar mas a morte mas a vida
mas nada nada nada...

ALEJANDRA PIZARNIK

O que é a morte? O que se pode asseverar sobre a morte? A respeito do verbo *morrer* muito se pode afirmar: é mais que um ato, é simultâneo ao rito, é o termo de uma existência. Morrer é ação, voluntária ou involuntária, de um corpo que se retira da vida. Já a morte é uninominal – morte –, logo não se assemelha em grau a seus sinônimos, mas guarda muitos significados. Sequer podemos nomeá-la *fim*, pois há quem lhe insira em outras linhagens: problema, passagem, travessia, encantamento, interrupção. Nem mesmo seu caráter pode ser assegurado, pois o que é definitivo para o pedestre pode ser transitório nos mundos celestiais. Portanto nada se pode afirmar sobre a morte, só que contém em sua certeza insigne o rigor das dúvidas que não se pode contestar.

Contrária à morte não é a afirmação da vida, mas o sonho. O poeta Jorge de Lima, em prosa dedicada ao pintor Candido Portinari, pinta em *O grande desastre aéreo de ontem* uma narrativa que muito se assemelha a um sonho chagalliano, à instância acidental daquilo que poderia ser a morte ou a apoteose de uma

transfiguração: [...] *e há poetas míopes que pensam que é o arrebol.*
A poeta Angélica Freitas, 50 anos depois, relê Jorge de Lima em
"o que passou pela cabeça do violinista em que a morte acentuou
a palidez ao despenhar-se com sua cabeleira negra & seu stradi-
varius no grande desastre aéreo de ontem" e, como leitores,
quem nos conduz na queda são as notas musicais – *dó, ré, mi* – e
o ato contínuo do pensamento do violinista enquanto se despe-
tala a caminho do chão.

Ainda custa perguntar de outro modo, se tanto já foi elabora-
do e ninguém saberá responder: é isto a morte, uma contagem
progressiva [...] *one, two, three* [...] e onírica, em que, na escala dia-
tônica natural das notas musicais, nascemos no correspondente
à primeira – *dó* –, crescemos em *ré* e realizamos nosso ato mais
extremo em *mi*? Aonde irão as outras notas musicais, iremos
com elas ou tudo mais é sobrevoo? Asseguro apenas que é do ar-
bítrio humano escolher – *viver* ou *morrer*, pois a escolha nunca
será *vida* ou *morte*: determinante é o gesto, e deve ser respeitado.
Afinal, se não é dado a ninguém a preferência de nascer, e morrer
é mais que um ato, que este ato seja para cada ser individualmen-
te uma apoteose sonhada e passiva de qualquer conclusão.

Já a vida, embora pouco se possa confirmar, a sabemos de
muitas maneiras, sobretudo o que *parece* ser. E muito mais se
verifica neste *Fim de poema*, do escritor e jornalista Juan Tallón.
Partindo do onirismo e caminhando pela imaginação histórico-
-literária, Tallón ensaia uma biografia anedótica dos momentos
finais – não em dias ou anos, mas em instantes sem data – de
três poetas contemporâneos: Alejandra Pizarnik, Anne Sexton
e Gabriel Ferrater, junto de Cesare Pavese, morto em 1950. O
pano de fundo é um sem-número de cenários que se acumulam
em diálogo com personagens secundários, como Julio Cortázar,

Olga Orozco, Sylvia Plath, Primo Levi, Maxine Kumin, John Cheever, Robert Lowell; também familiares e pessoas anônimas e caríssimas à vida dos poetas aqui mesclados.

O que passou na cabeça de cada um desses violinistas antes de pôr termo à própria vida? O que vestiam, o que ouviam, em que cidade do mundo estavam; o sofrimento mental, o álcool, os remédios, o desamparo, a solidão, as frustrações e as inúmeras tentativas. Enfim, o desejo abertamente declarado de morrer e os caminhos que percorreram para viabilizarem sua retirada do mundo. O esforço de coletar tantas dores e reuni-las aqui, de maneira intercalada, pode soar mórbida. Ao contrário, Juan Tallón, a partir de uma pesquisa acurada não só sobre a vida e a obra dos poetas, mas do contexto factual das cenas derradeiras, baliza, com curiosidade, delicadeza e reverência, uma espécie de *biografia das horas da morte*. Daí a importância de uma obra como esta, para que a conversa sobre o suicídio, em geral mascarada de tabu, viabilize-se por outros ânimos.

A exemplo, Tallón reencena um telefonema entre Anne Sexton e a poeta Maxine Kumin em que Anne relata para a amiga a já conhecida promessa que ela e Sylvia Plath haviam feito de "se matarem juntas". Janeiro de 1960, uma quinta-feira, saída da oficina de Robert Lowell, Anne e Sylvia acordaram que no dia seguinte pegariam um ônibus para Milton – com parada em Amherst para visitar o quarto de Emily Dickinson – e lá consumariam a promessa. Quem narra, nas linhas de Tallón, é a própria Anne, inclusive o desfecho: não conseguiram consumar o ato nem a visita ao quarto, mas contentaram-se com as aventuras e uma passagem pelo túmulo de Emily Dickinson, onde deixaram um poema escrito a quatro mãos. Antes de encerrar a ligação, Anne diz: "Mas três anos mais tarde, Sylvia se adiantou e me roubou a morte", e, com um copo de vodca nas mãos, vai para a garagem de sua casa.

Gabriel Ferrater se suicida na Espanha em abril de 1972. Alejandra Pizarnik se suicida na Argentina em setembro daquele mesmo ano. Na universidade de Saint Cugat, onde dava aulas de linguística, Gabriel pega emprestado na biblioteca o livro *Live or Die*, publicado por Anne Sexton em 1966 e jamais o devolve. Dois anos depois do suicídio de Gabriel e Alejandra, em outubro de 1974, é a própria Anne que entra no seu Cougar vermelho, ouve uma fita de David Bowie – o disco era o *Diamond Dogs* – e acelera até se autoenvenenar pela fumaça. E é na inter-relação dessas cenas, particularidades, citações de poemas, registros policiais encobertos pela imaginação, que Juan Tallón amarra as horas de vida, obra e morte como no roteiro de um filme de viagem. Sobrevoamos inclusive as horas prévias da partida no quarto de Cesare Pavese: "[...] A mala aberta no meio do aposento, como um homem assassinado pelas costas."

Assim, este *Fim de poema* também inventaria as casas e os locais de escrita de cada poeta, os ateliês modestos onde germinaram, na composição diária, a vastidão de suas obras. É interessante que aqui há pouco espaço para o inefável, costumeiramente associado, de maneira errônea, ao fazer da poesia: esses poetas eram amantes das *coisas*, mesas, cadeiras, livros, malas: Segundo a famosa lousa de Alejandra, "é preciso tomar cuidado com os objetos que você introduz na sua vida, [...] tornam-se chefes sem seu consentimento, e aí [...] tudo que é importante passa a depender deles". Não poderia ser diferente, afinal este é um livro sobre a matéria: matéria-palavra, matéria-corpo, matéria-mundo. E quase todos os poemas são feitos de objetos – naturais ou não – e vozes, isto é, *coisa e presença*: "Anne não conseguia escrever [...] se a voz das coisas não lhe sussurrasse antes. Todo poema é uma transcrição das confidências de uma voz dirigida à autora num registro que só ela pode decifrar. É a voz inaudível."

Bruna Beber

"Senti um funeral no meu cérebro"
Emily Dickinson

TURIM

Cesare olha sem metafísica pela janela a cidade derreter. Derrete lentamente, como o sol da infância. Passados alguns segundos, gastos no prolongamento dos seus silêncios, ele percorre descalço o corredor até a cozinha, onde Maria enxágua a roupa no tanque. Está com um vestido florido e o cabelo solto. Cantarola algo que ele não identifica, ferrugento e triste.

"Bom dia, Cesare. Quer café?", pergunta sua irmã.

Ele guarda silêncio, pensativo, como se o café conduzisse à filosofia. Quando desperta do ensimesmamento, pede, sim, por favor, uma xícara de café, mas com "dois pingos de leite morno". A essa hora já sente o bafo pegajoso de agosto. Assim que desponta, o sol despeja o calor a cântaros.

"Dormiu bem?", pergunta Maria, deixando o café e uma fatia de pão com azeite sobre a mesa. Cesare estranha que ela esteja com os cabelos soltos e não presos, como é habitual quando está em casa. No canto oposto da casa, ouve o sobrinho mais velho gritar. Não entende o que ele diz. Também não distingue a resposta do outro sobrinho.

"Acho que sim", afirma Cesare distraído, mastigando a mentira como se fosse de plástico. Não lhe importa saber com certeza. É um detalhe que, como todos os detalhes, faz parte do sutil e do ínfimo em que ele tem tanta preguiça de reparar. O tamanho do seu cansaço, de modo geral, é algo que qualquer pessoa que o conheça pode calcular, e Maria melhor do que ninguém. Fica olhando para além da janela, para o prédio em frente, onde a senhora Martinella estende umas calças na sacada. Ela também está cantando. Parece que a felicidade paira no ar, com suas promessas de infelicidade. Cesare gosta do silêncio das manhãs, inclusive dos sons que rodeiam o silêncio, como o das canções ou o do café ao cair na xícara, ou o da xícara ao pousar na mesa, ou o da corda ao girar no varal, ou o da garganta ao dar passagem ao café, ou o de um pregador de roupa ao cair na rua. A música dos objetos na manobra de fazer vida normal e invisível provoca nele certo relaxamento. Mas convém tomar cuidado com o silêncio: é um vício. Se por qualquer motivo se acumula demais, acaba tomando conta da gente, e já não é mais possível interrompê-lo. Urde um muro que nenhum discurso consegue franquear. Mais de uma vez, quando tentou rompê-lo para atalhar uma mentira ou uma estupidez, foi incapaz. O silêncio tende a endurecer.

"A editora mandou o Giulio com a correspondência", diz Maria, enxugando as mãos na barra do vestido.

Cesare assente, mas não acrescenta nada. Está tudo bem assim, em silêncio e quieto. *A nossa virtude é calar./ Algum antepassado nosso há de ter sido bem só/ – grande homem entre idiotas ou pobre maluco –/ para ensinar aos seus tanto silêncio.*

Esta noite, no vendaval da insônia, pensou que poderia passar alguns dias em Santo Stefano Belbo. Seria bom ficar uma semana por lá. Não sabe. Talvez não seja tão bom como imagina. Pode ser que o desespero desses dias encontre sossego na vista das *colinas das mulheres perdidas*. Já não pensa que *enquanto houver nuvens sobre Turim/ será bela a vida*. A vida perde sua beleza com o fim da inocência. Então se convence de que lá aproveitaria a tranquilidade para trabalhar mais os últimos poemas – mas é provável que seja um engano urdido por ele mesmo –, porque também se convenceu de que talvez volte a escrever. *Tudo isso dá nojo. Sem palavras. Um gesto. Não escreverei mais.* Cesare dava esses poemas por terminados, mas o final, muitas vezes, não passa de um trecho labiríntico do princípio. Sempre estamos começando. Nunca podemos estar *satisfeitos* com nossos textos. Nunca nada é suficientemente bom. A insatisfação é a única felicidade que resta ao poeta. E a maior desgraça. O texto sempre pode ser melhor. Como considerar um adjetivo definitivo, insubstituível, sem ser tomado de calafrios. Natalia e Italo insistem que estão prontos, que não devem ser tocados, nem sequer revistos, mas Cesare sabe que eles dizem isso porque ignoram o que vai na sua cabeça e como a presença insistente de Connie, ou das suas cinzas, ou sombras, obriga-o a perseverar numa maior perfeição; quer que ela *esteja* por inteiro no poema, que cada verso a abarque e detalhe sua presença como se fosse uma imagem de mármore.

"O que você vai fazer hoje?" Maria o toca no ombro e o expulsa do ensimesmamento. Ele hesita. Toma um gole de café. "Estava pensando em passar uma semana em Santo Stefano. O que você acha?" "Pode ser bom. Vai, sim." "Acha mesmo?" Toma mais um gole. Vira a xícara. Sorve o pouco que resta. Olha no abismo do recipiente, procurando uma data, ou quem sabe apenas uma hora. "Por que não? Não há muito o que fazer por aqui nestes dias. Vai ser bom para você mudar de ares. Talvez espante algumas preocupações da cabeça."

Cesare sabe que ela sabe que ele convive com tempestades atrozes que o devoram em silêncio, por isso evita mencioná-las. De nada adianta falar; está tudo dito. Às vezes ele faz uma ideia aproximada de como Maria deve se sentir sozinha com alguém cuja presença se mostra difusa, fantasmagórica e farelenta. Nessa medida, Cesare é consciente de que representa um peso, por mais que Maria jamais tenha dado mostras, nem sequer com um gesto ou um silêncio, de que assim seja. Mas, a seu despeito, isso é evidente, daquele tipo de evidências que contrariam a certeza. Acima de tudo, Cesare é um peso para si mesmo. Ele se pesa. Quando cai, ou se precipita para dentro, leva semanas para se levantar.

Entre as cartas que Giulio levou para ele se encontra uma digna de destaque, de Natalia Ginzburg, postada em Roma, onde ela está passando as férias com Elsa Morante. Cesare rasga o envelope. Tira as duas folhas e lê:

Querido Cesare. Já estou tão acostumada a não receber nenhuma resposta tua às minhas cartas que parece que eu sei em que momento teu silêncio pede que eu te escreva. Nestes dias de descanso, passo longas horas com a Elsa em sua casa da Via dell'Oca, 27, onde há alguns quartos no andar acima do que ela divide com o Alberto. De tarde eu a procuro na Via Archimede, 161, onde ela tem seu estúdio. Elsa pensa na Via dell'Oca de manhã e escreve na Archimede à tarde, rodeada dos seus gatos siameses e persas e seus discos de Mozart, Verdi e Pergolesi.

Finalmente chegamos a um acordo para que *Menzogna e sortilegio* seja traduzido para o inglês e saia nos Estados Unidos no ano que vem. Com esse motivo, ou esse pretexto, acabo de reler o romance. A capacidade da Elsa de ser fatalmente possuída pela própria escrita e provocar sua metamorfose desperta em mim tanta paixão... Lembra, meu querido Cesare, quando o manuscrito chegou à Einaudi? Cheio de correções à mão, com tinta vermelha, um caos. Lembro com espanto que li os títulos dos capítulos e me pareceu uma obra de outra época, mas a li de uma sentada, com maravilhamento, mesmo só conseguindo intuir uma parte da sua grandeza. Ela me foi sendo revelada nas leituras posteriores. Nossa boa amiga Elsa, que aliás te manda lembranças que eu não acho certo transmitir a você, pois não merece, está às voltas com uma nova obra que ainda vai lhe tomar anos de trabalho e, segundo o que ela me confidenciou, será "o último romance possível, o último romance da Terra". Francamente, espero que ela fracasse.

Moravia, por sua vez, teve neste domingo mais um daqueles surtos coléricos tão engraçados e ao mesmo tempo tão ridículos. Se bem que nunca antes, até esta manhã, eu o vi fazer tamanho escândalo por uma coisa tão insignificante. Estávamos os três lendo num dos salões da casa, quando, de repente e sem aviso, ele se levantou da sua poltrona, tomado de uma violência muda e rasgou o jornal em mil pedaços, possesso. Rangia os dentes enquanto propinava inexplicáveis pontapés nos móveis. Quando conseguiu se acalmar, depois que Elsa lhe trouxe um copo d'água e um comprimido, soubemos que era tudo por causa da exasperação que os sinos de uma igreja próxima lhe causavam.

Se tudo se encaminhar conforme o previsto e não acontecer nada fora do programa, na semana que vem eu volto a Turim, onde espero continuar o relato das minhas férias. Até lá, te mando um grande beijo.

Natalia G.

Ele dobra a carta, devolve as folhas ao interior do envelope, numa espécie de encenação da morte, e, junto com o resto da correspondência, que nem se dá ao trabalho de abrir, vai rasgando tudo em duas, em quatro, em oito partes, deixando cair os restos sobre a mesa, como num dia de neve.

Por vários minutos permanece imóvel, indeciso, sem um plano a seguir durante os próximos minutos da sua vida, olhando pela janela e escutando a irmã cantar. Essa paz construída com o silêncio de Cesare e a melodia indecifrável de Maria vem abaixo quando batem na porta aos murros, como um tiroteio num beco sem saída. O poeta se levanta, caminha até a porta com ar decidido, como que atrás de um objetivo crucial, e, temendo o que vai encontrar, abre com resignação. E cai abatido. É Luca Chitarri. Sua presença se faz estranha, pois faz pelo menos três meses que não o vê.

Cesare recebe um abraço enérgico – talvez enérgico demais para alguém com sua estrutura frágil –, que não consegue corresponder por causa da surpresa. Luca fala num tom elevado, operístico, talvez de propósito, para que o escutem no Scala de Milão. Parece indignado, embora a palavra mais correta seja iracundo, fora de si. "Este país enlouqueceu!", exclama. "É um escândalo, camarada Cesare", acrescenta. "O que é um escândalo, Luca?", pergunta o poeta, sem curiosidade, sem chão. "Está circulando o rumor de que o marechal Graziani vai deixar a prisão nas próximas horas. Se isso se confirmar, terão passado apenas dois meses entre a sua condenação à pena de dezenove anos e a libertação." "Mas como podem libertá-lo?", pergunta Cesare, agora já um tanto intrigado. "Dizem que é uma anistia por problemas de saúde."

Maria oferece a Luca um chá de tília, para que se acalme e mantenha a boca ocupada, e Cesare o aconselha a aceitar. Se continuar assim, vai ter uma síncope.

Não quer recordar a guerra nem Graziani, mas a menção de Luca Chitarri ao marechal torna impossível ambas as coisas. Passaram-se cinco anos, o que talvez seja pouco tempo para cicatrizar as feridas que a luta deixou nele. Apesar de tudo, consegue resistir a qualquer evocação daquele drama. Não gosta de recordar; sempre o faz sofrer, e ele não quer. Já sofre o bastante. Sua resistência só é vencida por uma história ingênua, mas aterradora, que ouviu muitas vezes de Italo Calvino. Aconteceu em 11 de junho de 1940, um dia depois de Mussolini arrastar o país à guerra. Nessa data ocorreu o primeiro alarme aéreo em San Remo. A cidade foi sobrevoada por um aparelho francês, mas que não despejou nenhuma bomba. À noite as sirenes voltaram a tocar, e desta vez, sim, se ouviu uma explosão. Não houve vítimas, exceto um menino da cidade velha que, no breu em que a central elétrica mergulhara a cidade, se precipitou sobre uma panela de água fervendo e morreu. Muitas vezes, esse rosto jovem, que Cesare nunca conheceu, se apresenta a ele na solidão, e cada vez mais resume suas lembranças da guerra, que no mais ele trata de enterrar vivas.

Luca está mais calmo. O poeta argumenta que talvez o rumor não se confirme, e que, mesmo se for verdade, pode haver espaço para o pessoal do partido apresentar um recurso à Justiça. Não quer parecer indiferente, mas custa a acreditar que realmente esta manhã, ontem, o futuro, tudo lhe parece alheio. Isso inclui o marechal Graziani. Toma cuidado, no entanto, para que Luca não perceba, convidando-o a ir em busca de novas notícias. Quando sai e fecha a porta, o silêncio ocupa seu lugar.

BUENOS AIRES

"Ontem me lembrei", ela conta a Olga, que foi vê-la em casa, "do nome de um amigo do meu pai. Ele se chamava Campuzano e era lutador de boxe." As lembranças de Alejandra são cacos que, meses depois de quebrado o vidro, aparecem em qualquer canto. "Não consigo explicar. Por que é que eu tenho que me lembrar desse sujeito, se não o conheci? A memória é caprichosa", acrescenta confusa, enquanto estende a cuia de mate para a amiga, que assente de forma mecânica. De fato, do seu próprio pai, de quem ela poderia guardar mil imagens, conservou apenas uma, aparentemente anódina, embora pudesse render uma biografia de quinhentas páginas: a lentidão com que acendia os cigarros, aquele gesto pausado que nunca acabava de se completar, enquanto pairava no ar. Sempre lhe chamou a atenção o tempo que ele empregava em riscar um fósforo e acender o tabaco. Podia demorar minutos. Tem a sensação de que, com algum cigarro, ele pode ter levado meses. Impossível pachorra maior. Curiosamente, a lentidão com que executava esse ritual de acendimento contrastava com a rapidez que imprimia ao resto das ações. Ia correndo a todo lugar, acabava de comer quando os outros ainda estavam na metade, atravessava a rua sem olhar porque não suportava esperar na calçada... E, no entanto, não havia pessoa mais lenta na hora de acender um cigarro. "Ele o colocava com solenidade entre os lábios e aí começava a procurar a caixa de fósforos, claro que lentamente. Primeiro apalpava o bolso esquerdo do paletó, o interno, depois o direito, vasculhava os bolsos das calças, ia até o sobretudo, caso a tivesse deixado ali. Aí perguntava se alguém tinha visto seus fósforos. Nunca ninguém tinha visto. Quando voltava a apalpar os bolsos do paletó, achava os benditos fósforos. Sabe, Olga?", diz, voltando momentaneamente ao presente, "Acho que eu só gostaria de ser homem para ter muitos bolsos. Quando afinal achava os fósforos, puxava um, manobra essa que sempre coincidia com o começo de uma longa fala, portanto tirava o cigarro da boca e o segurava entre dois dedos. Minutos depois, voltava a levá-lo aos lábios e acendia o fósforo, que se consumia sem chegar a acender a ponta do cigarro, porque ele estava falando outra vez. Enfim, o fósforo se consumia, e ele tinha que acender um segundo, que só quando estava prestes a se esgotar ele aproximava do cigarro. E aí fumava", diz Alejandra, com a sensação de que levou um ano para narrar algo de que não desejava falar.

O que ela queria era contar para Olga um pouco da vida de César Campuzano. "Não sei por que me lembrei dele, nem entendo por que meu pai me falou desse homem. Ou vai ver que ele nunca me falou do tal Campuzano e simplesmente o mencionou falando com outra pessoa, na minha frente. Seja como for, eu não gostava de boxe. Detestava boxe, e mesmo assim me lembro de toda aquela história de boxeadores, nunca consegui esquecer."

A história de Campuzano era a de um imigrante oriundo da Galícia que chegou a Buenos Aires, com a família, em 1917. Na época, César tinha onze anos e logo se sentiu atraído pela prática do rúgbi, afeição que, em 1921, se transformaria num interesse desmedido pelo boxe.

Naquele ano se realizou a mítica luta de Georges Parmentier com Jack Dempsey, e, entre outros efeitos, o combate plantou em Campuzano o sonho de se tornar pugilista. Ingressou no Club Barracas, bairro onde o pai de Alejandra morava na década de vinte. Foi aí que eles se conheceram. Na sua etapa de aficionado, na categoria dos meio-médios, César participou de sessenta lutas. Nenhuma digna de registro, exceto a que o confrontou com o campeão pan-americano, o uruguaio Luis Gómez. Perdeu, claro. Farto de acumular medalhas que só serviam para enfeitar paredes, voltou à Espanha, onde continuou insistindo até que conseguiu participar dos Jogos Olímpicos de Amsterdã. Caiu na primeira luta, mas de volta ao seu país deu o salto ao profissionalismo. "Você não acha ridículo eu guardar todas essas informações na cabeça?"

Olga Orozco encolhe os ombros e percorre o quarto com os olhos. Que lhe importa o boxe? Então se detém na frase de Artaud que preside a escrivaninha: "Tenhamos acima de tudo vontade de viver". Acha o caso de Campuzano uma bela história, só que incongruente com os gostos de Alejandra, de fato. Mas evita qualquer comentário a respeito e opta por mudar de assunto.

"Você está escrevendo alguma coisa?", pergunta com a vista na lousa da parede. A famosa lousa de Alejandra. A poeta tem a teoria de que é preciso tomar cuidado com os objetos que você introduz na sua vida, porque podem acabar funcionando como um polo magnético, atraindo toda a atenção, tornando-se *chefes* sem seu consentimento, e aí, cedo ou tarde, tudo que é importante passa a depender deles. Alejandra trabalhava seus poemas na lousa com a mecânica de um escultor. Ela necessitava, na primeira fase do poema, daquele formato enorme sobre o qual escrevia frases e mais frases, oceanos de verbos e substantivos, que depois desmontava aos poucos até obter a nudez total do verso, a seca. Nesse momento, o núcleo que sobrevivia à destruição era transcrito em cadernos, transparente e sutil. Sua mecânica era profundamente influenciada pela psicanálise, o que a levava a enxugar o poema ao máximo, até conseguir *o mínimo*. Muitas vezes recitava o verso de Michaux que definia o procedimento literário: "O homem, seu ser essencial, é apenas um ponto". Foi Cortázar, numa noite em Paris, quem melhor desentranhou seus versos.

"Essa poesia", ele lhe disse num café de Saint-Germain, com Rosa Chacel por testemunha, diante de um papelzinho com uma das suas criações, "é como quando você toca o fundo, a raiz, me faz pensar no dentista que acaricia o nervo mais íntimo com o seu aparelhinho e provoca uma dor total."

A pergunta de Olga faz com que Alejandra se sinta estudada; também ela dirige a vista para a lousa, onde resistem restos de giz, que talvez tenham sobrevivido como o pó de algum poema passado. Até os poemas mais íntimos são compostos de matéria. "Ao contrário. Ultimamente só faço destruir velhos poemas. O psiquiátrico virou um lugar tão silencioso, tão castrador, que esse vazio só dá vontade de se atirar nele e cair para sempre no nada."

"Imagino que num lugar assim", comenta Olga, "deve ser mais fácil se deixar levar e calar, também literariamente, do que remar contra a corrente."

No hospital, Alejandra convive com os últimos despojos. "Minha melhor amiga é uma empregada de dezoito anos que matou o próprio filho. Um dia ela apareceu sentada nos trilhos do trem, como um fantasma, coberta de sangue. É uma mulher adorável, mas naquele dia fez uma coisa horrível. Enlouqueceu durante alguns segundos, apenas alguns segundos, e quando recuperou o juízo já tinha as mãos ensanguentadas."

Olga não sabe se chora ou ri, então pergunta se no psiquiátrico são todos assassinos, como sua amiga. "Não, e pelo menos ela fala. Tem um casal de velhos que não matou ninguém, mas está há cinquenta anos em silêncio. Dá para imaginar? Um dia os dois descobriram que tinham dito tudo e não trocaram nem mais uma palavra. Não tendo nada realmente novo a dizer, a linguagem oral se tornou, mais que uma forma de se comunicar, um lajeado de fonemas ordenados, desnecessário e fútil. Eles se gostavam e continuam se gostando, mas desde então sem o peso da semântica e das estruturas gramaticais. Isso sim que é um horror", afirma.

A tarde entra a passos curtos na morada de Alejandra, que na companhia de Olga se entrega à leitura em voz alta de alguns cadernos dos seus diários. Sua amiga acha que ela devia publicá-los. "Fazer uma seleção, omitir as passagens que você achar íntimas demais." Alejandra não descarta a ideia, mas também não a abraça, como se a cumprimentasse com um frio "e aí?". Em algum momento passado ela já se propôs a compilar aquelas partes, ou ossos, que lhe permitissem montar "um diário de escritora" a partir do qual reconstruir o processo criativo da sua obra poética. "Mas, toda vez que eu tive esse propósito, não fui firme o bastante e acabei desistindo", reconhece com certo ceticismo, que tem sabor de doença quase incurável. "Estes cadernos", acrescenta olhando Olga nos olhos, profundamente, como quem vai confessar que matou sua boneca de pano arrancando-lhe a cabeça, "foram a busca de uma *prosa* para um dia escrever um romance que nunca veio."

Levanta-se da cama onde estava estirada. Olga a segue com o olhar e permanece em silêncio, para que não tropece. O apartamento é minúsculo, e o cômodo onde a poeta recebe os amigos é o mesmo em que, como se fosse um confortável nicho, ela escreve e dorme. Ser poeta é ocupar os espaços de olhos fechados. A casa quase não tem móveis: a cama, a escrivaninha, os livros e a lousa onde ela *investiga* os poemas. Olga logo percebe que Alejandra está procurando algo. Primeiro revira as coisas com desafeição, mas, à medida que não encontra o que procura, com crescente desespero e cegueira. Procura às escuras. "É possível que alguém tenha levado sem me pedir?" "Mas o que exatamente você está procurando?", pergunta Olga, já quase apavorada. "*O livro*", Alejandra responde com o artigo em itálico, movendo volumes de um lado para o outro da escrivaninha, cada vez mais angustiada. Pareceria que, ao não encontrar o livro, procurasse oxigênio. "Ufa. Achei", diz aliviada. Senta-se na cama, bem perto de Olga. "É isto que eu queria que fosse meu diário, mas é impossível. Só ele poderia ter feito isto aqui." Alejandra se refere a Kafka. Tem nas mãos os *Diários*, num exemplar de 1953, com tradução de Juan Rodolfo Wilcock, reiteradamente manuseado, lido, rabiscado, consultado de novo, uma vez após outra, por toda uma vida, com algumas folhas presas com grampos. Ela o segura como se fosse um coração arrancado, que queima. Olga o arrebata dela com doçura e abre uma página ao acaso. Lê o sublinhado de Alejandra: "Há algum mal-entendido, e esse mal-entendido será nossa ruína".

BOSTON

Anne abriu a janela do Cougar e, com todas as mãos ocupadas, no cigarro, no volante, na alavanca de câmbio, na manivela do vidro, como se tivesse seis mãos, exclamou: "Nos vemos no inferno, meu amor". Maxine, da calçada, ainda com um copo de vodca na mão, sorriu com certo grau de aprovação, assumindo que, no fundo, não havia melhor lugar que o inferno para duas mulheres como elas. Eufórica, Anne arrancou com suas três vodcas pisando no acelerador. Tinha pela frente quarenta milhas até sua casa, em Weston. Logo anoiteceria, e a escuridão prometia ser hostil e perfeita.

Parecia uma viagem normal, um percurso qualquer, uma tarde comum e tranquila, com música no rádio, poucos carros na estrada, e na realidade foi mesmo, mas de repente o ânimo de Anne começou a se toldar, seguindo o movimento daqueles invernos que chegam antes do tempo e devastam tudo pelo caminho. O dia assumiu outra cara e outra postura por alguns minutos, durante os quais se recompôs na cabeça um velho poema que só vinha ao seu encontro em momentos complicados, nos dias de cão. *A morte certa já está escrita./ Faço o que é preciso./ Meu arco bem teso./ Meu arco em prontidão./ Sou a bala e sou a agulha./ Engatada e já bem pronta./ Com a mira eu o entalho/ feito uma escultora. Eu moldo/ seu olhar final a todos.* A poeta caiu no verso gravemente, do mesmo modo que uma criança se precipita num poço cheio de água, indefesa, enquanto brinca e se acha feliz. O poema a rondava, simplesmente, e a encontrou em plena I-94. Passados aqueles minutos críticos em que o inverno a assaltou, a viagem no Cougar voltou ao normal.

Sua passagem pelo centro de Foxborough, na metade do caminho, acabou de despertá-la. Parou para comprar cigarros e beber. Deixou o carro numa área de carga e descarga. Afinal, ela ia se carregar mais um pouco. Essa escala alterou seu destino vagamente. Se não tivesse parado e desperdiçado quinze minutos fumando e bebendo, não teria acontecido o que aconteceu ao retomar a viagem, quando, ao parar num cruzamento na saída da cidade, ela o viu atravessar pela faixa de pedestres. Tratava-se de um homem de uns setenta anos cujo rosto, como que derretido numa chapa, não podia ser mais familiar. Só quando arrancou de novo se deu conta: "Adam Jordan!". Bateu no volante com a mão espalmada, surpresa. Não podia acreditar. Era ele. Quem mais? Sua história era uma das mais tristes que ela conhecera em toda a vida. E conhecia muitas, a começar pela sua. Quando parou o carro e desceu, Anne só conseguiu distinguir a escuridão decadente e fria de Foxborough.

Convivera com Jordan da primeira vez que foi internada no hospital Westwood Lodge, depois que Kayo a encontrou no alpendre de casa envolta em vários frascos de comprimidos, imitando cordas, e com uma fotografia da sua tia Nana no regaço. A estada de Adam Jordan no hospital psiquiátrico fora precedida por uma longa temporada na prisão, de dez anos, condenado injustamente pelo assassinato dos pais. Quando conseguiu provar sua inocência, além de ser um tanto tarde, Adam já estava louco. Inofensivo, mas louco. Sua tragédia começou no dia em que, depois de várias horas inconsciente, absolutamente ébrio, acordou e se viu dentro de uma cela. Era o principal suspeito da morte dos progenitores, crivados de facadas. Não se lembrava de nada, exceto que não podia ser ele o autor do crime. Era incapaz de reconstruir as vinte e quatro horas anteriores à sua presença na delegacia. Não podia entender sua situação e, portanto, quando viu que sua camisa estava encharcada de sangue, começou a avaliar a possibilidade de que tivesse realmente cometido o duplo assassinato. Se tudo indicava que ele era culpado, talvez fosse mesmo. Como não se lembrava de nada, não conseguiu justificar de forma convincente que não tinha nada a ver com os crimes. O tempo todo sustentou que era inocente, mas pela única razão de que não recordava ser culpado. Os indícios, porém, estavam contra ele. Alguém tinha roubado sua memória no momento em que perdera a consciência.

Uma pessoa, pensou Anne com a cabeça apoiada na palma da mão e o braço ancorado na porta do automóvel, não é nada sem imagens, lembranças, sons, ideias. Talvez fosse culpado. Compareceu perante o juiz, declarou sem fé no que dizia, foi preso preventivamente. Chegou o dia do julgamento e foi condenado a prisão perpétua por um júri popular. Quando completou um terço da pena, uma noite acordou sobressaltado, entre suores, com a memória daquele dia de dez anos atrás reconstituída. Podia ver o rosto do verdadeiro assassino, evocar seu nome e provar sua inocência. Mas já enlouquecera. Do tempo do hospital psiquiátrico, Anne recordava que a cabeça de Adam Jordan era como uma fazenda abandonada, um terreno no deserto, uma torneira sem água. Não falava com ninguém, mas era simpático a todos. Ela ainda não acreditava. Será que tinha visto bem? Não estaria enganada? Não. Tinha certeza de que era ele e, ao mesmo tempo, de que era um fantasma.

Aqueles primeiros anos no Westwood Lodge, onde Anne entrava e saía periodicamente, a levaram a pensar de novo, já a poucos quilômetros de casa, no padre Nicholas, que tinha visto pela última vez numa das longas licenças que lhe davam no sanatório. Naquela ocasião, ela fez uma descoberta horripilante, quando se deslocava de cidade em cidade com seu ex-marido. Estava sozinha, no quarto de um hotel no subúrbio de Houston. Ao sair do banho, escutou uma voz suave e precisa que vinha do quarto ao lado. Os sons atravessavam a parede que separava os quartos com a limpidez com que se passa um objeto pequeno da mão direita para a mão esquerda, como se no meio não houvesse tijolos, cimento, pintura. Talvez porque naquele dia estava cansada, ou mal-humorada, Anne não prestou atenção ao que estavam falando. Justamente o contrário: preferia não escutar. Estava sentada na cama e prestes a acender um cigarro quando seu coração tombou de lado, como se nas entranhas também houvesse acidentes de trânsito. Não sabia por quê, mas agora a fonética daquela voz lhe pareceu familiar, se não o suficiente para identificar a pessoa que falava, o bastante para sentir que do outro lado havia alguém conhecido. Aproximou-se da parede e encostou a orelha com o mesmo ânimo com que se aplica um estetoscópio ao peito de um paciente. Notou que aquela voz familiar ameaçava castigar seu interlocutor se não fizesse o que estava mandando. O aviso deu lugar a outro silêncio, manchado apenas por uma respiração intensa que não identificou a um esforço específico. Não houve mais novidades até que Anne ouviu a porta do quarto vizinho se abrir e fechar. Quando espiou pelo olho mágico, viu passar um menino de oito ou nove anos e o padre Nicholas.

SANT CUGAT

Gabriel entrou na biblioteca com seus inseparáveis óculos escuros e se dirigiu à estante onde sabia que estava o exemplar da edição italiana de *O homem sem qualidades*, o livro que sempre lhe proporcionara o que ele chamava de *prazer de lareira*. Na noite anterior tentara citar uma passagem do romance, durante uma discussão com Francisco Rico, em El Mesón, e não conseguira recordá-la com exatidão. A precisão era importante para Gabriel, que já era um homem tocado pelos esquecimentos.

Gostava de consultar a edição italiana. A espanhola o desanimava já a partir do título. *Der Mann ohne Eigenschaften*, a seu ver, devia ter sido traduzido não como *El hombre sin atributos*, mas *sin cualidades*, na linha adotada nas versões italiana, francesa e inglesa. Não tinha outro remédio senão ir à biblioteca sempre que queria consultar *L'uomo senza qualità*, o que ocorria com frequência. Seu exemplar, editado pela Einaudi em volume único, se perdera quatro anos atrás, depois de um acidente de carro envolvendo seu amigo, o matemático Eduard Bonet. Foi num fim de semana de dezembro de 1968. Tinham ficado de tomar um lanche na casa dele em Sant Cugat. No meio da tarde, chegou Eduard, pouco depois de Marc Molins, um jovem artista que compartilhava com Marta Pessarrodona, a companheira de Gabriel na época, a militância no Movimento Socialista da Catalunha.

Beberam, falaram de cinema, de teatro, beberam, falaram de literatura, de matemática, certamente de mulheres, continuaram bebendo, e em algum momento Gabriel entregou a Eduard seu exemplar de *L'uomo senza qualità*. Começava a odisseia. Quando ficou tarde, Marc se ofereceu para levar Eduard até Barcelona no seu Renault Dauphine. Eduard, destemido, aceitou a carona. Pegaram a estrada de La Rabassada, mas a certa altura o acelerador do veículo travou. Desse ponto em diante, Eduard e Marc sempre ofereceram uma narração difusa dos fatos, embora ambos tendessem a acreditar que o carro bateu contra um corte vertical da montanha, capotou várias vezes e parou à beira de um precipício do outro lado da estrada. Uns jovens de Terrassa foram os primeiros a encontrá-los e os levaram ao hospital de Vall d'Hebron. Eduard, para desconcerto das enfermeiras, que não sabiam o que pensar, não parava de perguntar pelo "homem sem qualidades". Do que será que ele está falando?, interrogavam-se umas às outras. O matemático recebeu alta na mesma noite, com contusões na testa, nariz, lábios e joelhos. Marc, ao contrário, permaneceu dois meses internado.

Os jovens que os socorreram, viajando de volta a Terrassa, revistaram o Renault Dauphine – reduzido a sucata – e no seu interior acharam o livro de Robert Musil, com uma mancha de sangue. No dia seguinte o deixaram no hospital, onde o enviaram a Eduard. Resumindo: Gabriel nunca o recuperou e periodicamente peregrinava até a biblioteca da faculdade, onde dava aula de crítica literária desde 1969.

Na saída, parou para cumprimentar Susana Casals, funcionária da biblioteca que ele tentava seduzir – cada vez menos –, sempre sem sucesso. A relação, da parte dela, tinha alcançado aquela fase em que sentia que Gabriel era como seu pai. Susana tinha a mão direita aparatosamente enfaixada. "O imbecil do meu namorado", explicou mais bem-humorada do que devia estar na hora do ferimento, "fechou a porta do táxi quando eu estava descendo. Segundo ele, achava que eu ia sair pelo outro lado. Que me diz?" "Digo que você deveria jantar comigo hoje, é inevitável", propôs Gabriel. Susana deixou escapar uma sonora gargalhada. Alguns estudantes levantaram a cabeça e olharam para ela, que levou a mão à boca, surpresa com a repercussão da sua espontaneidade, e deu um soquinho carinhoso no peito de Gabriel com a mão boa. Era seu jeito de dizer: "Esquece, querido".

Para evitar que ele insistisse, a bibliotecária mudou de assunto, já que o professor de linguística nunca mudava de obsessão. "Anteontem esteve aqui o Paco Rico e me perguntou pelo *senhor do quarto 53*. Deve ter notado minha cara de perplexidade, pois logo explicou que se referia a você. Vai me contar por que ele te chamou de *senhor do quarto 53*?" Desta vez foi Gabriel quem explodiu numa gargalhada descomunal, que foi sumindo aos poucos até morrer num silêncio aquoso, como se a revelação daquele mistério não estivesse à altura de Susana.

Embora ainda fosse quarta-feira, os dois se despediram até segunda, porque o dia seguinte era feriado e a sexta-feira não era um dia que Gabriel desperdiçasse indo à universidade. A vida logo lhe ensinara quais eram as verdades que nenhum homem deveria contrariar. Trabalhar o mínimo possível era a primeira. A segunda ficou clara quase ao mesmo tempo, bem cedo, em todo caso, quando descobriu que seus artigos de primeira necessidade eram apenas três: álcool, cigarro e livros. Esse kit, na realidade, tinha muito a ver com a história do *senhor do quarto 53*, um caso que remontava a maio de 1967, quando Gabriel viajou à Tunísia, enviado pela Seix Barral, para a concessão do Prix

International des Éditeurs, que reunia representantes das principais editoras de Europa, Estados Unidos e Japão.

Sua passagem pela cidade de Gammarth seria memorável em vários sentidos. Por um lado, pela épica defesa que ele fez de Witold Gombrowicz, seu candidato ao prêmio. Yukio Mishima era o grande favorito, pois contava com o apoio dos editores ingleses, americanos e japoneses. Mas Gabriel falava dez idiomas e passou os dias anteriores à votação saindo e bebendo com todas as comitivas. Na sua pior ressaca, durante a sessão de deliberações, fez uma defesa estratosférica de Gombrowicz, por quem ele aprendera polonês, para ler seus livros na língua original. Aconteceu o que ninguém esperava: Witold Gombrowicz levou o prêmio. Mas a estadia nas praias tunisinas de Gammarth foi inesquecível pela sua natureza profundamente alcoólica. Salvador Clotas, outro dos representantes da delegação espanhola, considerando o aperitivo das primeiras noites, resolveu prevenir o garçom do bar do hotel sobre os hábitos dos editores. Gammarth era um lugar especialmente turístico, e o garçom se declarou curtido nessas coisas. Era jovem, mas tinha visto de tudo. Tinha visto, de fato, ótimos e grandes bebedores, talvez os melhores. Porém, no dia em que as várias delegações partiam de volta a seus respectivos países, o garçom, admirado, confessou a Salvador, ao se despedirem, que em tantos anos "nunca tinha visto ninguém beber como o senhor do quarto 53". Era onde Gabriel se hospedara. Mas já nessa época Gabriel e suas bebedeiras eram bem conhecidos entre os editores que participavam do Prix International. Na edição de Valescure, dois anos antes, ele passara as manhãs na piscina do hotel com uma bolsa de gelo na cabeça, derrotado pelo Bloody Mary, que bebia em copo alto e com gim até a borda.

TURIM

Pensava que as palavras que trocara com o carregador de malas, a caminho do quarto, podiam ser suas palavras finais, a última ocasião em que escutaria a própria voz vibrando no ar. Mas não. De repente, sem a mínima vontade, Cesare vai até a parede, posta-se em frente ao telefone e o tira do gancho. É como se pudesse se observar de fora, da parede oposta, desdobrado em dois. Segura o tubo e liga para a central; pede linha com o número de Fernanda Pivano. Pronuncia seu nome. Sua vontade é insuficiente para guardar silêncio. Ela – pensa – talvez abafe esse zumbido que a *mulher que chegou em março* lhe deixou na cabeça anos atrás e que nunca se apaga. Connie é como aquele silvo constante que dizem que alguns loucos ouvem antes de se atirar na frente de um trem para impor algum silêncio aos seus dias. Cada vez que ele fala com Fernanda, pensa que ainda poderiam ficar juntos, que ela poderia ser o fim desse sofrimento sem quartel, ou seu alívio, o modo de encerrar o seu longo histórico de desenganos. Que também a inclui, pois Fernanda é parte do seu vazio. Um dia ela foi embora e deixou um buraco que Pavese olha de vez em quando, para confirmar a tristeza.

Quando ela atende, depois de um minuto de espera, sua voz baixa lhe soa estranha. "Fernanda, vem me ver. Estou sozinho num hotel da Piazza Carlo Felice", ele diz. Esperava que ela pelo menos expressasse alguma dúvida, mas Fernanda se pronuncia de pronto, com convicção. "Não posso, Cesare, você sabe que isso já não é possível. Nossa hora passou. Não se maltrate nem faça isso comigo. Meu marido ainda não chegou em casa, e meu filho está doente. Não, não posso, é sério. Volte para casa, por favor. Não tem sentido você estar aí." "Fernanda, preciso te ver. Vamos jantar juntos para celebrar que o passado não passou", implora. "Pense no meu menino, estou pedindo por ele, não me faça sentir assim. Não escuta seu choro? Está doente, será que você não entende? Está com febre e não para de chorar. Não posso, não vou. Salve-se, Cesare. Adeus."

São sete horas da noite, e a Piazza Carlo Felice é um fogo extinto. Demasiada paz num lugar em geral barulhento, mas é sábado, e além disso é agosto, e o calor clama. Cesare vai até a janela do quarto com o cachimbo preso entre os dentes, como uma dúvida. Nesse momento, ele sabe muito bem o que está enfrentando e que, desde que acordou nessa manhã, tudo é questão de pouco tempo. Na estreita margem que o separa do fim, as coisas ocorrerão em silêncio, mas com grande agitação, será um terremoto mudo, uma sacudida demolidora e discreta que arrastará tudo à sua passagem com grande quietude, deixando uma grande cratera. Apesar de tudo, agradece o silêncio das cinzas da Piazza Carlo Felice.

O silêncio é um conteúdo ideal para preencher os buracos que se abrem quando a pessoa está a sós. Mesmo em companhia adquire valor. Ao pensar no silêncio, ele muitas vezes se lembra de uma história que Einaudi contava. Flavio costumava trazer das suas erráticas viagens pela Europa, além de um ou dois livros de autores estrangeiros cuja pista propunha seguir, uma anedota que resumia o melhor de cada cidade na sua passagem por ela. A de Lisboa tinha a ver com o silêncio. No início do século xx, ganharam fama três poetas portugueses de segunda linha, que o próprio Einaudi nunca citou pelo nome, como se os maus poetas não tivessem nenhum. Eram anos de boemia, e aqueles criadores irrelevantes se reuniam num café da cidade. Sua tertúlia, que durou vinte anos, se tornou legendária não porque os debates alcançassem grandes alturas ou dessem lugar a grandes polêmicas. A fama resultou justamente do silêncio. Naquela roda de conversa não se conversava. Os poetas se limitavam a fumar um cigarro atrás do outro, tomar um café atrás do outro, num severo e pensativo silêncio. Havia vários tipos de silêncio, segundo Einaudi. A tertúlia era hermética e misteriosa ao extremo, tanto que, nos últimos anos – quando, em parte por ser tão ridícula, ganhou celebridade –, chegou a atrair os turistas. As pessoas queriam ver como se desenrolava uma conversa em que os argumentos se disfarçavam de mutismo. Na realidade, a conversa era a mímica tíbia dos olhares perdidos, dos braços cruzados, do café, da colherinha, das agulhas do relógio, da hora de se levantar, das pessoas que olhavam sem entender.

Aquele cerimonial de duas décadas terminou na tarde em que um dos poetas abriu a boca para dizer: "Este café está muito ruim". Seus companheiros consideraram tal comentário coisa de tagarela, e a tertúlia foi dissolvida no mesmo dia. *Ouviremos instantes pingando no escuro,/ além dessas coisas, no afã da alvorada,/ que virá de improviso recortando as coisas/ contra o morto silêncio. A luz sempre inútil/ desvelará o rosto absorto do dia./ Os instantes calarão./ E as coisas falarão aos sussurros.*

Cesare abandona a janela e volta para junto do telefone. Liga para Pierina, que se recusa a vê-lo. Ele a nota constrangida e arisca. Por três vezes, Cesare lhe pede que vá ao hotel, e ela, num tom cansado, só faz se negar. "Estar com você me mortifica. Você se tornou uma pessoa muito atormentada e aborrecida."

São suas últimas palavras, porque Cesare desliga sem se despedir. É tomado pelo ódio, que assume a forma de um desprezo absoluto pelos demais, por qualquer pessoa sem exceção, um ódio pelo gênero humano. Percebe, como se fosse uma moléstia física, que todo mundo com quem ele já teve algum contato carrega algo de miserável e canalha.

Confuso, durante a meia hora seguinte tenta falar com Bianca Garufi e Battistina Pizzardo, que nem sequer atendem a ligação. Ele não sabe ao certo por que insiste nisso, simplesmente deseja falar, fracassar mais uma vez no intento de se comunicar, porque – pensa – todo ato de comunicação com o outro é inútil, uma grande perda de tempo. Mas terá que tentar, porque ele só tem a si mesmo. Não lhe parece grande coisa a essa altura. Embora, por outro lado, pense que isso não é de todo exato. "Quando você não tem nada, tampouco tem a si. Se tudo em redor é vazio, nada, completo silêncio, você também acaba se atirando nesse abismo." O homem se perde. Eis aí a lição de todos esses anos: o homem não está consigo, está fora. Cesare se extraviou há muito tempo, quando *la donna dalla voce rauca* o empurrou à perdição.

Faz anos que ele anteviu o final da própria vida. Talvez sob a forma de livro imaginado. Tudo o que veio depois não foi mais que uma recriação daquela visão. É mentira que a pessoa se acostuma à dor. Cada vez que você entra em bancarrota emocional, é sempre a primeira vez. Não *tem* o hábito. A dor é constante, mas nova. Por isso a cada ano, a cada minuto, ele sofre mais. Pega um lápis e uma folha de papel. Escreve:

Queridas Connie, Tina, Fernanda, Bianca, Pierina... Todas. Vocês só me deram motivos para me matar. Meus parabéns. Tudo o que hoje me trouxe até aqui nasceu de um jeito ou de outro das suas mentiras. Vocês não tiveram piedade de mim. Espero que o tormento a que hoje ponho fim se distribua equitativamente entre vocês. Haverá o bastante para todas. Tomara que tenham câncer.

Cesare

Rabisca a assinatura, levanta-se da mesa e, com aquela distância incomensurável que abrimos entre nós e os objetos, observa a página como algo alheio, escrito por alguém que tivesse acabado de passar o papel por debaixo da porta. Depois de alguns instantes de hesitação, como se temesse contagiar-se ao tocá-la, ele apanha a carta e a segura com ambas as mãos. Lê e relê o escrito. Sente seu peso. Senta-se aos pés da cama, olha ao longe através da janela. É agosto e chove dentro. Fuma. Pensa numa tarde no café Mulassano, quando escreveu num guardanapo de papel um verso deprimente que logo destruiu e do qual nunca mais voltou a ter notícia, até agora, quando é tarde, muito tarde para reconstruí-lo a partir dos seus restos. Isto é, dez anos depois. Naquele dia, depois de dar cabo dos seus versos, seguindo a estratégia de Saturno, recitou em voz alta alguns fragmentos da *Ilíada*, em grego. Depois dessa lembrança, fica com a mente em branco, sem mais nenhum pensamento ao qual se agarrar. Levanta-se. Caminha até a janela. Abre o vidro e dobra a carta ao meio, formando um telhado sem casa. Deixa o papel sobre o peitoril e lhe ateia fogo com um fósforo. As frases são reduzidas a palavras; as palavras, a letras soltas; as letras, a cinzas de papel, nessa ordem.

A noite começa a cair quando um funcionário do hotel bate à porta e pergunta se ele precisa de alguma coisa. Cesare tem a impressão de entender a palavra jantar. "Vá embora", responde o poeta com gravidade, como se lhe desse um conselho capaz de salvar sua vida. Quando a paz se restabelece no quarto 346, Cesare vai até o banheiro e se inclina para beber direto da torneira. Enxuga a água que lhe escorre pelo queixo com as costas da mão.

A mala aberta no meio do aposento, como um homem assassinado pelas costas, deixa à mostra seus poucos pertences. Entre eles está seu diário, que ele pega com certo candor. Abre o caderno ao acaso. Cai na entrada de 3 de fevereiro de 1943, um dia com uma anotação anódina. Desalentado com o que lê, o candor se evapora, e ele devolve o diário à mala, como quem abandona a arma com que acaba de cometer um crime, e no seu lugar pega os *Diálogos com Leucó*.

A Piazza Carlo Felice já está escura, e o ambiente começa a se animar. Nesses dias de calor insuportável, as noites são tardes forjadas com uma densidade que é preciso afastar com as mãos, como uma cortina. Indiferente ao que o mundo oferece além dos muros, senta-se na cama, desamarra os sapatos, descalça os pés, afrouxa a gravata e se larga sobre o colchão como uma pedra jogada do campanário do Duomo. Engole um comprimido atrás do outro, em harmoniosa sinfonia, todos os que carrega com ele, um, e outro, e outro, e mais outro. *Tutto e subito*. Quando termina, vira-se e escreve na última página dos *Diálogos com Leucó*:

Perdoo a todos e a todos peço perdão. Não façam muito estardalhaço.

Fecha o volume. Ainda tem tempo de distinguir, sobre o fundo de um dia de cão, sua própria sombra e o olhar da morte cravando-se nele, e pressente que tudo o que resta *será como largar um vício,/ como ver frente ao espelho/ reaparecido um rosto morto,/ ou como ouvir lábios cerrados./ Desceremos no fosso mudos.*

BUENOS AIRES

Afasta os livros empilhados sobre o toca-discos e pinça um LP de Janis Joplin. Trata-se de *I Got Dem Ol'Kozmic Blues Again Mama!*, o primeiro álbum solo da cantora, que ela ganhou de Fernando Noy em dezembro de 1969. É dos discos que ela mais sente falta no hospital psiquiátrico de Pirovano; especialmente da voz de Joplin. *É cantar doce e morrer logo./ não:/ é latir./ Assim como dorme a cigana de Rousseau,/ é assim que você canta, mais as lições de terror.* Depois que tocam "Try" e "Maybe", na metade de "One Good Man", chegam do andar de cima uns gritos ininteligíveis – algo sobre a comida de um gato – e barulho de sapatos indo de um lado para o outro. Alejandra não suporta os sons invisíveis, aqueles que não podem ser contrastados com o sentido da visão. É agoniante.

Os vizinhos do oitavo B sempre foram muito barulhentos. São apenas um casal de velhos, mas conservaram da juventude a capacidade de gritar, de quebrar tudo, de se odiarem mutuamente, de serem odiosos aos outros. Alejandra observa o teto, esperando que seu olhar provoque o silêncio. Essa é uma das poucas coisas de que ela não sente falta no Pirovano. Lá seus companheiros são seres fantasmagóricos, quem sabe, talvez, máquinas programadas para perambular por corredores e refeitórios.

Fernando Noy, aquele mesmo que um dia lhe trouxe a Janis Joplin, é o único que soube enquadrar os vizinhos de cima.

A poeta lhe contara que em plena madrugada o velho casal costumava ir ao banheiro de sapato, e um belo dia ele resolveu pregar um susto neles, durante uma daquelas noitadas que Alejandra organizava em casa, nas quais se lia e se bebia em doses iguais. Fernando amarrou um par de sapatos em dois cabos de vassoura e com eles caminharam ao contrário pelo teto. Depois de alguns minutos ouvindo aquele barulho inquietante, a mulher de cima gritou horrorizada: "Quem está andando aí?". Durante algum tempo, conseguiram que os vizinhos parassem de ir ao banheiro com calçado de rua. Esse era o tipo de coisa que Noy fazia como ninguém, ela pensa, e por isso ultimamente tem tanta saudade dele.

Fernando era neto de um famoso bamba de Buenos Aires que atuava no bairro de Abasto. Ele costumava contar que na Calle Corrientes com a Pueyrredón há uma banca de jornais e revistas que tem o nome de Noy, justamente em homenagem ao seu avô, que foi mencionado em textos de Borges e Enrique Cadícamo. Alejandra nunca dera muito crédito a essa história, até que uma noite Fernando apareceu com duas garrafas de rum em cada mão e, embaixo do braço, um velho exemplar de *El idioma de los argentinos*, editado por Gleizer em 1928. "Aqui está toda a verdade sobre o meu antepassado", anunciou Fernando, e depois de servir rum abriu o livro no capítulo intitulado "Ascendências do tango". Leu o texto inteiro para os presentes, entre os quais Alejandra acreditava se lembrar de Olga Orozco, Alberto Girri e Tanguito. Mas o trecho relevante, tanto que Fernando subiu na mesa para ler o parágrafo, era aquele em que Borges afirmava que "*Don* Miguel Camino não só nos explica o tango como aponta o lugar exato do seu nascimento: Corrales Viejos. A exatidão é traiçoeira. Aquelas lides nunca foram privativas de

Corrales, pois o facão não era apenas ferramenta de açougueiros: era, em qualquer bairro, a arma do *compadrito*. Cada bairro padecia seus faquistas, sempre em serviço nos fundos de algum comitê. Houve alguns de fama duradoura, ainda que estreita: El Petizo Flores, na Recoleta; El Turco, na Batería; El Noy, no Mercado de Abasto. Eram semideuses de chapéu de abano: homens de manha cabal em misteres de faca e que costumavam desafiar-se invejosamente".

Quando o barulho de cima cessa, ela volta a se concentrar na música de Janis Joplin e abandona a mente à cor branca, à deriva. Pela primeira vez desde sexta-feira, quando saiu do psiquiátrico com uma licença de fim de semana, experimenta um pouco de paz e se esquece do plano suicida com que ela flerta justamente quando se sente livre. Está largada na cama tão relaxada e solta que sabe que deve se vestir. Mas não consegue. Os músculos adormecidos – imagina que por causa das anfetaminas – a convencem a não se mexer e limitar-se a flutuar.

Calcula que dentro de uma hora chegará Olga, com quem vem tentando pôr ordem nos seus diários. Antes da hora combinada, batem à porta. São batidas discretas, bem diferentes das pancadas que costumam dar os amigos que a visitam. Noy, por exemplo, sempre chama com o pé. Alejandra não se dá ao trabalho de se vestir e vai atender de calcinha e sutiã. Nos últimos tempos desenvolveu esse tipo de comportamento estranho e acalorado. Como o de se fotografar nua. Para sua surpresa, quem aparece no vão da porta é a vizinha do sétimo A. Alejandra não lembra como ela se chama. Seria... Talvez, se não lembra, é porque a vizinha não se chama de nada. Existe gente assim, sem nome. Seis meses atrás, as duas se conheceram no elevador. Marisol – de repente se lembrou do nome – tinha acabado de comprar o apartamento vizinho e comentou que não possuía telefone. Num desses raptos de generosidade automática, tão próprios dela, Alejandra ofereceu o seu, para qualquer urgência. Passou-lhe o número sem a menor desconfiança: 42-2504. Marisol trabalhava num estúdio de arquitetura e podia telefonar de lá, portanto foram pouquíssimas as ocasiões em que aproveitou seu oferecimento. Hoje, ao ver o escaninho de Alejandra vazio, deduziu que poderia estar em casa. Entrega-lhe um pacote que alguém deixou com ela há três semanas.

"A pessoa deu o nome?", pergunta Alejandra. O embrulho é pobre e desarrumado, de folhas de jornal. Entrevê o cabeçalho do *Le Figaro*. "Não. Era um jovem senhor, que disse que tinha acabado de chegar de Paris e queria deixar esse pacote para você, da parte de Julio Cortázar. Mais nada. Pelo jeito, veio três vezes, e imagino que na terceira preferiu chamar à minha porta", diz Marisol com um meio-sorriso. "Você está bem?", pergunta a vizinha, que observa a poeta de cima a baixo, como se só agora percebesse que Alejandra está de calcinha. "Sim, obrigada, tudo certo", diz Alejandra. "Só estou um pouco acalorada, meio febril. Até logo", despede-se e fecha a porta abruptamente.

Atira o pacote sobre a cama, pressupondo que só podem ser livros e que não podem se quebrar, e em seguida salta sobre o colchão. Desembrulha o jornal com cuidado, desdobrando as folhas. É a edição do *Le Figaro* de 6 de setembro, que na primeira página informa longa e detalhadamente o Massacre de Munique, em que o grupo terrorista Setembro Negro assassinou onze integrantes da delegação olímpica israelense. Descartado o jornal, restam dois livros e um breve bilhete. Trata-se de *Poemas póstumos*, de Jaime Gil de Biedma, e *Les dones i els dies*, de Gabriel Ferrater. O bilhete é enxuto:

Alejandríssima, aqui vão dois livros que te farão brilhar na noite. Em Gil de Biedma você vai encontrar um espelho onde se mirar e em certa medida se ver refletida. Quanto a Gabriel Ferrater, você vai ter que ler os seus versos em catalão, o que não é fácil, mas se conseguir entendê-los vai se fazer o favor de ser um pouco mais feliz. É noite de domingo e estou doente, desculpe meu hermetismo. Te gosto muito, bicho.

BOSTON

Maxine Kumin serve uma vodca para Anne e outra para ela. Na perspectiva de um bom copo, a realidade se aliviava do seu peso. Tinham almoçado juntas, na casa de Maxine, e agora descansavam cada uma numa rede, no jardim, onde ao longo dos anos as duas construíram seu paraíso secreto. Embora em pleno outono, o céu declarara a primavera. De vez em quando uma rajada de vento atravessava a cidade como um foragido fugindo a cavalo.

Maxine era a melhor amiga de Anne. Sem ela, teria morrido faz alguns anos. Na realidade, se suas tentativas de suicídio não eram mais frequentes, era graças a sua amiga, e se o suicídio definitivo, final, não se consumara, devia-se apenas, numa proporção misteriosa, à poesia, na qual Anne e Maxine desembocaram ao mesmo tempo, em 1956, quando se conheceram na oficina do Boston Center for Adult Education, coordenada por John Holmes.

O paraíso perdido em que o jardim de Maxine se transformara também tinha origem na poesia, que ambas cultivavam com tanto afã. Essa tarde Anne tinha sobre as pernas um livro de Robert Lowell, que as duas veneravam com uma paixão própria de tribos animistas e selvagens. Num dado momento, ela pegou o volume, abriu-o e, num exercício de puro amor literário, recitou em voz alta: *"No nosso inacabado e revolucionário agora/*

tudo parece no fim e nada começa.../ O Diabo sobrevive a seus obituários ocos/ e pragueja mancando pra sua demolição,/ um peso moral que escapa às balanças –/ um regurgito como manchas/ de gosmentas flores amarelas...". Ao terminar a estrofe, ergueu a cabeça para Maxine, que estava virando um gole de olhos fechados. "Gosto de reler o Lowell de quando em quando", disse Anne com um fundo de nostalgia que, por via das dúvidas, também espantou com um gole de vodca.

Maxine lhe devolveu um gesto de aceitação, mínimo porém expressivo, enquanto também mandava sua vodca goela abaixo. "Eu mesmo sou o inferno", comentou, citando outro conhecido verso de Lowell, e as duas desataram a rir. "Brindemos por ele, que agora também deve estar bebendo", propôs Anne, que recordou a famosa passagem de Robert pela Argentina para provar até que ponto feroz também ele pertencia e fazia jus à estirpe dos seres bebedores, esses que antes de se descarregar nos seus versos precisam esvaziar a garrafa, chegar ao fundo do copo, morrer afogados. E a partir daí escrever.

A visita a Buenos Aires ocorrera em 1962. Por ocasião da sua passagem pelo Cone Sul, foi convidado a se encontrar com Jorge Luis Borges na casa deste. Lá estavam Bioy Casares e Silvina Ocampo e um sem-fim de personalidades que o poeta norte--americano não conhecia, com exceção de Rafael Alberti, que estava acompanhado pela esposa, Maria Teresa León. Lowell mostrou-se encantador na primeira parte da festa, e inclusive na segunda, "até que cometeu a imprudência de ultrapassar sua dose diária de vodca martinis", evocou Anne.

O pequeno deu passagem ao grande, e Lowell foi se inflando, bebendo cada vez mais, até perder a compostura. Tudo saiu das medidas, e na boca da noite ele acabou pelo chão da casa, num estado realmente lamentável que provocou, numa sensibilidade tão suscetível como a de Borges, uma sensação de angústia que duraria vários dias, semanas, talvez anos. O narrador argentino temeu que seu convidado pudesse falecer de *engarrafamento* no seu próprio domicílio. No esforço desesperado de sossegá-lo, "até leu para ele fragmentos de Chesterton", precisou Maxine.

O pior ainda estava para acontecer. Bêbado até o paroxismo, Lowell esbarrou com a mulher de Alberti e a puxou para dentro de um banheiro. "Ficaram lá trancados até que conseguiram derrubar a porta e controlá-lo." Da casa de Borges foi direto para um sanatório, onde foi imobilizado com correias de couro e submetido a grandes doses de Thorazine, até que a embaixada deu um jeito de embarcá-lo num avião de volta aos Estados Unidos. "Que bela história de martinis", disse Anne.

Maxine rompeu numa longa gargalhada e, ao se recompor, serviu mais uma rodada. Depois ofereceu um cigarro a Anne, que tinha deixado seu maço de Salem no consultório da doutora Schwartz.

Os encontros semanais entre as duas amigas costumavam ser salpicados de longos silêncios, durante os quais elas fumavam sem parar e ruminavam versos, que soavam calcados na música dos cacos de vidro ao serem pisados. No seu ofício, a operação mais importante era ruminar. Deve-se deixar fermentar as palavras. Essa tarde não foi diferente. Sob a perspectiva da vodca, ruminaram em silêncio e entre cigarros, mas depois de algum tempo não emergiu nada. Somente um propósito.

"Gostaria de cantar à minha vagina", anunciou Anne de repente, suspendendo o vestido e, depois de puxar a calcinha de lado, estendeu um penetrante e longo olhar à própria buceta. *Ela te pegou como uma mulher pega/ um vestido de oferta numa prateleira/ e eu me quebrei como uma pedra. / Devolvo teus livros, tua vara de pescar./ O jornal do dia traz teu casamento./ De noite, sozinha, me caso com a cama.*

Maxine se aproximou de Anne e ficou olhando com admiração para aquela escura e impenetrável vagina. Pareceu-lhe misteriosa e bela, como uma gruta do Paleolítico inferior. Balançou a cabeça, em gesto de afirmação, e por fim acrescentou: "Sim, acho que essa bucetinha está mesmo pedindo uma estrofe". E voltaram a explodir em grandes e sonoras gargalhadas enquanto se deixavam cair rolando na grama.

Na companhia de Maxine, Anne achava uma promessa da infância que não encontrava com mais ninguém, muito menos consigo mesma. Ao lado dela experimentava aquela velha, quase esquecida sensação que teve ao entrar pela primeira vez na oficina literária de John Holmes: a sensação de que aquela era sua gente. Não conhecia ninguém e todos eram diferentes. *Já montei no teu carro, cocheiro,/ e saudei com braços nus os que passavam,/ na última trilha de luz, que sobrevive/ onde tuas chamas ainda me mordem as coxas/ e me estalam as costelas sob tuas rodas./ Mulher assim não tem vergonha de morrer./ Eu já fui do tipo.*

Até então sua vida tinha sido um desastre indômito, ou uma sucessão de desastres. Tudo mudou naquele dia, no Natal de 1956, quando Ivor Richards apareceu na televisão para dar uma aula magna sobre o soneto. De repente, existia uma janela. A partir desse momento, sua vida continuou sendo um desastre, repetiram-se as tentativas de suicídio, as internações em sanatórios, os saltos de amante em amante, as agressões conjugais, as terapias, mas tudo era diferente: agora estava a poesia.

"No que você está pensando?", perguntou Maxine a uma Anne absorta, em outro lugar. Não sabia ao certo no que estava pensando, mas ainda assim respondeu: "Naquele padre, lembra?". Maxine conhecia muitos padres, parte dos quais fizeram amor com ela de modo apaixonado e atroz.

"Está se referindo a algum com quem você trepou?" "Não, sua tonta", Anne afastou essa possibilidade, enquanto filava mais um cigarro e dava mais um gole de vodca. "Eu me refiro ao padre Nicholas Batler. Trocamos cartas toda semana ao longo de três anos. Ele vivia em Sapulpa, nos subúrbios de Tulsa. Não lembro como nos conhecemos... ou melhor, lembro, sim. Foi numa viagem que fiz com Kayo a Jacksonville, na Carolina do Norte, para uma daquelas estúpidas convenções de produtores e distribuidores de lã que frequentávamos no início do nosso casamento. Que decadência. Eu estava no bar do hotel, depois de tomar algumas vodcas, quando o padre Nicholas apareceu. Ficamos amigos." Maxine começava a se lembrar dessa história, mas queria ouvi-la outra vez. "E por que você estava pensando nele agora?", perguntou.

"Não sei. Só me veio a lembrança. Às vezes nos falávamos por telefone. Eram longas conversas, quando o Kayo não estava. Uma vez, depois de uma das minhas tentativas de suicídio com overdose de Nembutal, pensando como eu faria da próxima vez para que desse certo, liguei para ele pedindo que me desse a extrema-unção por telefone. Eu estava desesperada. Na verdade, sempre estou", riu, "portanto naquele dia devia estar muito mais que desesperada." "Psicótica, paranoica, alienada, perturbada?", Maxine ofereceu algumas alternativas. "Tudo isso ao mesmo tempo, só que mais grave", devolveu Anne, sem perder o tom humorístico com que sempre abordava suas tentativas de tirar a própria vida. "O fato é que eu falei: 'Padre Nicholas, me dê extrema-unção, eu lhe imploro, quero morrer, não me faça sofrer à toa'. Ele me notou tão confusa, tão decidida a me matar e a não passar daquela noite, que engatou um longo sermão. Acho que me convenceu pelo cansaço, o grande filho da puta. Não consigo me lembrar do que ele me disse, porque disse um milhão de coisas. Mas guardei sua última frase, reveladora: 'Deus está na sua máquina de escrever'. E ficou dois segundos em silêncio, para acrescentar que eu devia continuar escrevendo, que muita gente precisava dos meus versos, mas que esses versos eram necessários principalmente para mim. Tomamos mais uma?"

SANT CUGAT

Ao recolher a correspondência na caixa do correio, que ele abria uma vez por semana, Gabriel achou apenas uma carta de La Caixa. Logicamente, abriu-a com interesse distante, quase estrangeiro. A essa altura, pouco lhe importava o que essa ou qualquer entidade pudesse comunicar. Mas teve uma enorme surpresa ao reparar na entrada de dez mil pesetas no extrato da sua conta, não pelas dez mil pesetas em si, mas porque o crédito correspondia a um pagamento de Weidenfeld & Nicolson, a editora inglesa para a qual ele havia traduzido alguns romances policiais durante sua breve estadia em Londres; e já haviam transcorrido quase dez anos desde então. Isso que era estranho. Dez anos parecia muito tempo para alguém pagar, mesmo com atraso. Quem se lembra que lhe devem dinheiro depois de uma década? No seu caso, tinha dado esse dinheiro por morto. Na verdade, não se lembrava – até abrir a caixa do correio e a carta – que Weidenfeld & Nicolson lhe devia o pagamento de uma tradução. No esforço por esquecer, tampouco guardava registro de que um dia tivesse sido tradutor.

Aqueles dias londrinos estavam muito longe, apesar de terem sido um excelente campo de treinamento para ele aperfeiçoar seus vínculos com o *roman noir*. A iniciação se dera ao topar com Dashiell Hammett. Então traduziu *The Gutting of Couffignal* para a Coleção El Búho, da editora Planeta, e revisou uma versão argentina de *O falcão maltês*. Suou sangue com esses livros, pensou enquanto saía para a rua, abotoava a gabardina e tirava de um bolso seus famosos óculos escuros, cuja haste esquerda estava presa com fita isolante, tão ou mais famosa que os óculos. Naqueles dias remotos, José Manuel Lara ainda pelejava para abrir caminho em Barcelona e mal pagava oito pesetas por lauda traduzida. Na época, Gabriel estava com trinta e dois anos. Dois anos antes, ele e seu amigo poeta e pintor José María de Martín haviam perpetrado o pior ataque ao gênero policial escrevendo um romance a quatro mãos: *Un cuerpo o dos*.

Em 1952, a editora Aymà tinha lançado o Prêmio Simenon, e a paixão de ambos pelo gênero os animara a apresentar seu livro. O sentido da vida, naqueles dias, era que você podia fazer o que bem entendesse. A história do romance começa num dia de abril de 1950, quando aparecem dois cadáveres sobre os trilhos em desuso da estação de trem da linha Gràcia–Sarrià. Os corpos não têm nada em comum, ao menos na aparência. Afinal, a história do *roman noir* tem uma regra de ouro que sempre rende frutos: *nada é o que parece*. Um dos mortos tivera uma vida social brilhante e o outro era viciado em álcool e leitura. Ao lado dos cadáveres são encontradas duas pistas: um chapéu de homem e um exemplar da *Partisan Review*. O caso é entregue ao juiz Luis Ferrán e ao delegado Juan Tormo. Também eles eram diferentes. O primeiro era intuitivo e especulativo; o segundo trabalhava seguindo uma regra bem estabelecida pela experiência: as pessoas matam por dinheiro e por mulheres – tanto faz quanto dinheiro ou que tipo de mulheres –, e tudo o mais resulta disso por acaso.

O Prêmio Simenon foi para *El inocente*, de Mario Lacruz. Gabriel e Martín fizeram um papel mais que digno ficando entre os finalistas. Estavam na idade de fracassar sem paliativos, e eles o fizeram modestamente. Isso já era um êxito. Seja como for, não foi um papel digno o bastante para atrair a atenção de alguma editora. Gabriel sempre evocava com espírito simpático aquele ensaio romanesco. Tentaram de tudo. Chegaram até a pedir o apoio de Juan José Moreno Mira, uma grande autoridade no gênero, que costumavam encontrar com frequência nos salões do Ateneu e que, naquele mesmo ano, ganharia a primeira edição do Prêmio Planeta com o romance *En la noche no hay caminos*. Mas todos os esforços foram em vão. Barcelona, segundo os editores, não prestava para cenário literário de romance policial. Com o tempo, desistiram do empenho de ver sua obra editada.

Fazia frio. Gabriel guardou a carta e escondeu as mãos nos grandes bolsos da gabardina. Dias atrás tinha nevado em plena Barcelona e havia tempo que sua saúde caminhava na corda bamba. Mesmo quando estava bem. A saúde é apenas um breve passeio entre duas ou mais doenças.

Desde que ele se instalara em Sant Cugat, ao se casar com Jill, El Mesón se tornara sua principal moradia, e foi para lá que ele se dirigiu. Escurecia a passos lentos e, curiosamente, também rápidos. A tarde passara voando. Primeiro, conversando com Ana Segarra, uma aluna que viera à sua casa para reunir bibliografia sobre linguística anglo-saxã. Quando ela foi embora, Gabriel dedicou meia hora a revisar um parecer que havia feito para a Seix Barral, a pedido do seu irmão Joan, diretor literário da editora fazia dois anos. Gabriel tinha escrito o relatório três dias antes, mas nunca considerava definitivo um texto quente. Achava que devia deixá-lo esfriar e, como a metáfora se prestava ao jogo literal, sempre que acabava de escrever um parecer o colocava na geladeira, bem no fundo. Permanecia ali dentro por três dias, bem geladinho. Nesse tempo, o crítico, professor e poeta acreditava que os defeitos do texto saltavam aos olhos definitivamente. Aí bastava voltar a ele e limar as rebarbas.

Era véspera do dia de Montserrat, e logo depois do almoço Marta o deixou sozinho em casa. Sua mulher dos últimos anos queria comemorar o dia com a mãe, último membro familiar de uma longa linhagem de Montserrats. Não conseguiu convencer Gabriel a acompanhá-la, e ele, assim que se desincumbiu das tarefas mais urgentes, escapuliu para o bar de Carmen Rojo. Era notório que Marta tentava – sem sucesso – que suas visitas ao bar fossem esporádicas, leves acidentes.

A caminho de El Mesón topou com Sergio Beser. Os dois tinham começado a lecionar na Autònoma quase ao mesmo tempo. As conversas com Beser eram aulas sobre Dickens, Balzac ou Tchékhov, mas, principalmente, Leopoldo Alas *Clarín*, objeto da sua tese de doutorado. "Ontem estive em Barcelona e acho que vi o Tolstói no Passeig de Gràcia." Beser adorava esse tipo de brincadeiras. "É bem capaz que fosse ele", respondeu Gabriel. "Estava com um chapéu de tapa-orelhas, no estilo dos mongóis das primeiras invasões medievais? Se estava, era mesmo o Tolstói, sem sombra de dúvidas", acrescentou como quem está convencido de que dois mais dois mais dois dá seis ou perto de seis.

Quando se despediram, Gabriel riu para seu sonoro interior, desértico e silencioso, desejoso de tomar um trago. Nesse momento feliz, recordou que alguns anos antes – em 1963 –, nos meses que ele passara em Paris com uma bolsa do Instituto Francês, reunindo material para escrever uma história da pintura, também acreditou ter visto na rua outra glória da literatura. A diferença em relação ao caso de Beser é que ele de fato vira o tal escritor. Tratava-se de Samuel Beckett, que ele distinguiu sentado tristemente num banco dos Jardins de Luxemburgo, sozinho, passando um punhado de terra de uma mão para outra, como se estivesse dentro de uma das suas obras. Ainda faltavam alguns anos para que Gabriel traduzisse *Murphy*, a pedido da editora Lumen, mas em 1963 já tinha lido profusamente seu teatro. O catalão se acomodou num banco próximo. Cada qual permanecia na sua ilha. Sua admiração por aquele autor o levou a espiá-lo. Nem lhe passou pela cabeça abordá-lo, pois Gabriel, em certas situações, era um homem tímido ao extremo e, como poeta, sabia quanto vale o silêncio em que cavouca um escritor.

Quando Beckett deixou cair em silêncio a terra no chão, e se levantou em silêncio do banco, e deixou o parque em silêncio, na manhã cinzenta e silenciosa, Gabriel foi atrás dele, muito em silêncio. Caminharam por um bom tempo, até chegar ao Louvre. Beckett foi direto para a sala onde se exibia *O rapto das sabinas* e permaneceu uma hora diante do quadro. Velou-o como se fosse o corpo de um ser querido. O nervosismo de Gabriel fervia ao lado da tranquilidade do outro. Não o viu tomar nenhuma nota nem trocar uma palavra com ninguém. Passada uma hora, Samuel Beckett abandonou o museu, e Gabriel o seguiu, agora apenas com o olhar, até que se perdeu na direção de La Madeleine.

Nunca mais o viu, embora tenha voltado a passar outras manhãs nos Jardins de Luxemburgo com o único propósito de encontrá-lo. Seja como for, ele o viu uma vez e foi real, muito real. Tão real quanto a vontade de tomar um gim que comunicou a Carmen Rojo ao entrar em El Mesón.

"Duplo, por favor", especificou.

TURIM

Necessitado de refúgio, como qualquer forasteiro, escolhe o Hotel Roma, cuja fachada amarela, de ampla arcada, estende-se ao longo da Piazza Carlo Felice. É um estrangeiro na própria cidade. Em certo sentido, um clandestino na própria vida. Quando entra, olha em volta sem largar a mala, como se na realidade estivesse de partida, e não de chegada. Ainda não sabe ao certo se vai se hospedar ali. O saguão é amplo, mas austero. Há pouquíssimos móveis, apenas uma mesinha com duas poltronas, dois aquecedores de radiador na parede e um grande espelho com pequenas manchas pretas. Tudo parece de outra época. A escada que leva aos andares superiores tem uma balaustrada metálica, de cor dourada, mas deteriorada pelo tempo. O piso está forrado de carpete vermelho. À direita há um balcão de madeira e atrás dele um homem calvo e de baixa estatura. Suas orelhas, enormes, ouvem ecos de sons que ainda não se produziram. Abandona a leitura do jornal em que estava absorto. Afasta-o um pouco, talvez pensando em retomá-la mais tarde. Sorri para o recém-chegado. A amabilidade do gesto, ou talvez as manchas do espelho, acabam de convencer Cesare a ficar. Quem sabe por que os homens fazem as coisas que fazem. Inclusive aquelas que nunca fazem.

Por fim, com a mala no chão, entre os pés, pede um quarto com telefone. Insiste em que o quarto tenha telefone. É importante. "Entendo, senhor. Com telefone", repete o recepcionista.

"Isso", diz Cesare. O recepcionista estuda o livro de registros, vira-se para o quadro das chaves, que está às suas costas, e pega a do quarto 346. Toca a campainha e logo aparece um mensageiro, que inicia a manobra de apanhar a mala de Cesare do chão, mas este lhe indica que não é necessário, pois não pesa quase nada.

"Obrigado, eu posso sozinho."

"Siga-me, por favor", solicita o jovem, e Cesare, enquanto o segue, pensa no seu *treze de agosto*, em tudo o que sofreu desde aquele dia em que sua existência perdeu sentido, peso, cor, ar, e em como a partir de então a covardia o tem feito sofrer como um cão, sem necessidade. No final, pensa, de nada serve resistir. A recompensa é um novo sofrimento, mais atroz. Faz tempo que ele devia ter chegado a esse momento, a esse hotel, ao carpete vermelho, às escadas, ao quatro 346, às manchas do espelho. O mais temido e cruel acontece. Sua culpa foi esperar, pensar na própria morte sem se matar, acostumar-se à ideia de que só lhe restava o caminho do suicídio, mas não completar o percurso.

"É aqui, senhor. Quarto 346, com telefone", anuncia o mensageiro, que empurra a porta e o convida a entrar. Quando transpõe a porta, Cesare observa o nome do moço gravado numa plaquinha presa à gola da jaqueta. Aníbal Cunqueiro. De onde será que vem um nome desses?, pensa o poeta, com uma curiosidade passageira, enquanto deposita uma moeda na sua mão. Fica a sós, enfim. O quarto cheira a esse tipo de passado que permanece congelado no espaço, na mesma posição em que estava da última vez que o visitaram. Tudo é velho, mas tudo está novo, sem uso. Deixa a mala no meio do aposento e dá dois passos, três, quatro, e se detém. Observa o quarto, extrema, quase grosseiramente simples, embora limpo até o esmero. Há uma cama estreita, uma mesa, uma cadeira, um mancebo, um lavabo e um abajur na cabeceira. De fato, tal como pediu, há um telefone de cor preta ancorado na parede, quase como um náufrago da História.

Em outra época, a desolação desse quarto de hotel seria para ele irrespirável. Nem o mais solitário dos homens consegue suportar uma solidão tão fria. A assepsia da cama feita, a feiura da colcha, esse cheiro alheio e antipático, mas sobretudo o inóspito, distante e melancólico vazio. Aqui só aporta alguém acuado pela vida. É o último movimento do rei no xadrez, o movimento do laço que enforca. Que tristeza. Pergunta-se se haverá imagem mais terrível que a de uma gaveta vazia, de um armário vago, de uma mesa ociosa, de uma cadeira morta, de um abajur que não espalha luz, de uma janela que só deixa ver uma praça derretida, de um telefone que nunca toca na parede. Acha que não.

Sente-se cansado, à semelhança de um viajante que chega em casa depois de semanas de ausência e deseja largar-se na cama para dormir três dias seguidos e sentir seu corpo recuperar o domínio sobre cada parte, o prazer das rotinas, a eternidade tranquila de um colchão. Mas seu cansaço é outro, justamente a náusea das rotinas, da banalidade dos horários, do trabalho, das frustrações, dos diálogos, do desamor, dessa solidão absurda. Quem a inventou? Para quê? Kierkegaard contava que, ao voltar para casa depois de ter feito todo mundo rir em algum salão de Copenhague, só tinha vontade de se matar. Ele não consegue mais fingir. Houve um tempo em que ainda era capaz de sair de casa num estado de absoluto desespero e participar da comédia social, e até contar alguma trivialidade, no estilo de Kierkegaard. Isso se acabou. Agora carece do mecanismo de defesa do homem abnegado que, enquanto é torturado, fala de outra coisa, e sorri. Sorri muito, numa imitação perfeita da máscara.

O único sorriso que ele consegue imaginar é o de Connie, e isso só o tortura. Recorda a viagem que fizeram aos Alpes, e, ao evocá-la, impõe-se acima de tudo seu sorriso. Todas as madrugadas, no pequeno hotel onde se hospedaram, enquanto ele esperava em vão o sono chegar, escutava o som de um piano no térreo. Às vezes eram notas de Chopin; às vezes, melodias para ele irreconhecíveis. Então acordava Connie, que dormia profundamente, e lhe perguntava se ela também estava ouvindo o piano. "Claro que estou, Cesare. Foi para me perguntar isso que você me acordou?" Virava para o outro lado e voltava a dormir, alheia à música. No último dia, quando estavam na recepção do hotel acertando a saída para regressar a Turim, Cesare perguntou a um mensageiro se era praxe tocarem o piano de madrugada para torturar os hóspedes. "Piano?", respondeu o mensageiro, confuso. "Esse piano aí", disse apontando para o instrumento com o queixo, "faz pelo menos vinte anos que não é tocado." "Mas eu o escutei", replicou Cesare, "e não foi só uma noite, mas todas." "Pode ser", acrescentou o mensageiro, "o senhor não é a primeira pessoa que diz isso; outros já disseram escutar Chopin e Händel." Ficou sem reação, o poeta, enquanto Connie ria entre dentes, e esse riso escondido é o que se apresenta agora.

Queria não poder recordar, submeter-se à proibição do passado, como em Atenas no século V a.C., quando se proibiu por decreto recordar a humilhante derrota militar sofrida para Esparta. O governo daquela cidade cheia de soberba e glória decretou a obrigação de esquecer o fracasso; todo cidadão ateniense foi obrigado a pronunciar o juramento: "Não recordarei as desgraças". Empenho inútil. Cesare recorda a toda hora. Especialmente, os dramas. Quanto maior a necessidade de esquecimento, mais vivas e reais se apresentam as imagens que o ferem. Não haverá trégua nem nesta hora derradeira. As vésperas também trazem tormenta. Honorável na batalha, até o exército de Esparta, ao saber da morte do grande Sófocles, orgulho de Atenas, acordou uma trégua para que os funerais fossem celebrados como o pai da tragédia grega merecia.

Aqui está o poeta diante da morte. O poeta sem poesia, esgotado, seco como um carvalho diante do seu último e pior inverno. *Vale a pena que o sol se levante do mar/ e este dia tão longo comece? Amanhã/ voltará a aurora morna com a diáfana luz/ e assim como ontem nada acontecerá.*

Prepara um cachimbo para suavizar a evocação da *mulher que chegou em março* que o importuna nesta hora. Impõe-lhe uma lembrança do mês de abril, quando Connie marcou um encontro com ele no café Elena. Naquele meio-dia, antes de vê--la, ele já sabia que voltaria a sofrer, que *tudo* se acabava outra vez. Com medo, intuiu – apenas intuiu, mas foi o bastante – que voltaria a amargar outro *treze de agosto*, agora em plena primavera. A possibilidade de que aquilo ocorresse de novo o transtornou, e o desespero o levou a pedi-la em casamento. Era sua última chance, mas cometeu o erro de outras ocasiões. Ele a amava, porém ela desejava a ruptura. *Voltaste a abrir a dor/ És a vida e a morte/ Sobre a terra desnuda/ Tu passaste ligeira/ como andorinha ou nuvem,/ a torrente do peito/ desperta outra vez e irrompe/ e se espelha no céu/ e reflete as coisas –/ e as coisas, no céu e no peito/ se contorcem e sofrem/ nesta espera de ti.* Ele a amava, e o mundo se acabou naquela tarde, assim como se fecha um livro ao terminá--lo, ou deixa de tocar na vitrola a última canção. A proposta apaixonada de Cesare teve uma resposta fria nos olhos de avelã de Connie, que fitou o chão e anunciou que ia voltar para a América. Nada de casamento.

A insistência o fez fracassar em dobro, em triplo, ilimitadamente. Se é verdade que em outras facetas a perseverança dos homens sempre vence, por que não no amor? A insistência, no seu caso, abrira caminho para o naufrágio. *Que lógica é essa?* Cesare percebe que cavou sua própria cova. Pois, olhando para trás, o que ele tem? Uma obra? Isso é pouco. Tem quinze anos perdidos e "uma morte solitária de uma vida solitária", como Ismael em *Moby Dick*.

Sua tristeza deixou de ser passageira. Houve um tempo em que ela ia e vinha como uma estação, sem deixar pistas do motivo de se instalar ao seu lado e depois fugir sem explicação. Passava uma temporada ausente e, de súbito, uma noite, uma tarde, ao amanhecer, com uma lembrança ou diante de uma imagem ou frase, ela voltava. Esse tempo se transformou, e o pouso da tristeza tornou-se permanente. É incurável. Arrasou seu sistema nervoso. Ele não suporta estar a seu lado. Durante uma boa etapa, seus diários o salvaram de uma ruína maior. Quando o fogo o cercava, mergulhava na água, e essa operação o socorria. Mas a tristeza praticada com perseverança, como um vício, acabou abrasando o refúgio do diário. Também a água ardeu.

Nesse deserto de silêncio que se espalha pelo quarto, percebe pela primeira vez que o quarto vizinho está ocupado ao distinguir um ruído seco e violento, como quando um copo ou um vaso cai no chão. Talvez um cinzeiro ou um abajur. Os murmúrios que sucedem esse silêncio são tênues, fantasmagóricos, como o som do piano que se escutava naquele hotel nos Alpes onde ele se hospedou com Connie. Assim durante vários minutos. Esse deserto volta a rugir quando uma voz de mulher, magoada e rouca, anuncia: "Nunca devia ter me apaixonado por alguém tão miserável como você. Não sei como cheguei a esta situação, a este ponto. Não quero te ver nunca mais, rato". O ruído seguinte é uma grande batida de porta, seguido de passos que desfilam diante do quarto de Cesare e se afastam pelo corredor. E também isso o conduz a Connie.

BUENOS AIRES

Dormiu meia hora, mas de cinco minutos. E de olhos abertos. Se bem que às vezes a escassez é pródiga. Nesse lapso ela teve um pesadelo em que era uma poeta sem voz, bloqueada, com a boca arrancada. Diante da máquina de escrever com que ela redigiu seus melhores versos, e os piores, agora era incapaz de achar a alavanca para acionar a criação. Um angustiante espaço em branco, um buraco, na realidade, dominava sua mente. Não entendia por que as ideias não fluíam como antes, quando passavam da cabeça para o papel com a imediatez de um reflexo. Tudo nela estava obturado. De início, tentou não dar muita importância. Não há sequestro que dure para sempre, o vazio sempre dá lugar à ocupação, logo viria aquela ideia, aquela frase, aquela imagem que às vezes basta para destravar a escrita.

No sonho, a realidade desmente essa previsão. Três dias depois, o panorama não varia. Uma semana depois, igual. E mais um mês, dois meses, e tudo segue igual. O silêncio poético a mortificava, a cobria com uma sacola de plástico. Mas, a certa altura do pesadelo, Alejandra, ou o simulacro de Alejandra, ouviu que no andar de cima começava uma discussão. Primeiro em termos razoáveis, mas a seguir, à medida que tanto ele como ela se irritavam, de modo altissonante. Através do piso fino que separa os apartamentos chegavam os primeiros insultos. Se ela gritava "idiota", ele berrava "vadia", se ela "filho de puta", ele "filha de uma égua". Houve um momento, quando a mulher o chamou de "cornudo", em que uma quietude famélica se pregou ao teto, seguida da queda de uma cadeira, três passos firmes e um grito desesperado que emudeceu a cena com o rigor das facas. A forma dos sons que chegavam ao andar de baixo delineou um assassinato, e Alejandra saiu desabalada para o apartamento vizinho exclamando "mãe, mãe, mãe!". Então acordou. Foi a pior meia hora da última meia hora.

Logo vai amanhecer. Está alterada. Está desorientada e alterada. Nesse estado de aflição, telefona para o jornal *La Nación* e pede para falar com alguém da seção de necrológio. "A esta hora, senhorita, só posso passar a ligação para o pessoal do plantão de teletipos. São seis da manhã", respondeu a telefonista, frisando a hora. Dadas as circunstâncias – desorientada, alterada –, Alejandra se conforma e aceita. Quando atendem o telefone na redação, a poeta imagina, pela voz, um homem jovem, fumante e de pouca paciência, mas que logo se mostra especialmente atencioso, talvez sem vícios. Alejandra se identifica com nome e sobrenome, e acrescenta, modestamente, o dado da profissão. "É um prazer falar com a senhora. Li um dos seus livros. Em que posso ajudar a esta hora?" Alejandra pergunta se já estão com seu obituário adiantado. "Sei que é bom ir adiantando certos necrológios, para que a morte não pegue a redação de surpresa."

O jornalista de plantão, desconcertado, balbucia um atônito "como é?". "Nos seus arquivos devem encontrar informação suficiente", diz Alejandra, e desliga sem acrescentar mais nada. Agora está mais alterada ainda. Está surpresa e alterada. Não entende por que ela às vezes age como age.

Quando silenciosa e lentamente se recupera da surpresa – como se acabasse de se conhecer por completo depois desse incompreensível gesto de humor negro –, nota que pela janela do quarto se intui o amanhecer. Recorda que o mordomo de Juan Ramón Jiménez, durante o exílio do poeta em Porto Rico, entrava no meio da tarde na biblioteca, onde o prêmio Nobel estava trabalhando, e anunciava com gravidade, sem rastro de humor, enquanto afastava as cortinas da grande varanda: "Senhor, o crepúsculo". Derrotada sobre a cama, a poeta olha através do vidro e descansa no horizonte que seus olhos alcançam, como quem se apoia numa parede. O amanhecer.

Estas são horas já mortas. Nada acontece, salvo o que não se passa, que por vezes é tão ou mais importante do que aquilo que ocorre. O prédio está ausente, não desperta um ruído, não rebenta um barulho, não irrompe uma voz, não se bate a uma porta, não cai um pingo da torneira. Ninguém tosse, e é outono em Buenos Aires. Nina Simone também se calou há algum tempo. É como se o tédio tivesse impregnado a pintura das paredes, a mobília, a luz que entra pela janela, a sola dos sapatos, a poeira acumulada nos tapetes. Pela primeira vez em horas, a poeta se afasta da cama. Arranca-se. O ambiente é opressivo, até mesmo para ela, habituada à angústia. A lâmpada do corredor está queimada, nem se lembra há quanto tempo. Semanas, meses.

Há um momento em que o silêncio escraviza a tal ponto que não resta mais remédio senão pensar, e quando essa circunstância se dá, e a pessoa está avassalada por uma força que não consegue ver, pensa no pior. Ela pensa no *seu* plano. Alejandra sempre teve um plano. A partir do próprio instante em que a poesia lhe serviu para distrair seus demônios, o plano esteve aí, à espera. *Como não extraio minhas veias/ e faço com elas uma escada/ pra fugir ao outro lado da noite?* Nunca acreditou que as coisas boas que lhe aconteceram na vida pudessem durar muito. Sabia que cedo ou tarde precisaria de um plano para escapar. "O belo", pensa evocando Rilke, "nada mais é que o começo do terrível."

De novo vestida como se fosse sair, calçada com sapatos pretos e lustrosos, a poeta se põe a arrumar o quarto. A colcha, as almofadas, o tapete. Alinha os livros que estão sobre a escrivaninha. Tem pena de não poder ler os volumes que Julio lhe enviou com tanto carinho de Paris. Ele guarda num estojo suas canetinhas, com que enche seus cadernos e das quais nunca se separa, aonde quer que ela vá. Vasculha as três gavetas da mesa e tira todos os comprimidos. Ingere três e em seguida mais três, brusca. Volta a colocar no toca-discos o LP de Janis Joplin que ganhou de Fernando Noy. Pinta os lábios com um gesto de vaidade tímida, e faz o mesmo com as bonecas que enfeitam as estantes.

Chegou aos trinta e seis anos. E daqui não passo, diz a si mesma. Não pode avançar muito mais. Outros nem chegaram a isso. O paciente do quarto 27, no psiquiátrico de Pirovano, tem trinta e dois anos e está convencido de que vai morrer antes dos trinta e cinco. Foi assim com seus pais, tios, avós, tataravós. Pressente que antes de chegar a essa idade já terá morrido. Não morto em sentido figurado, mas literal, com extrema-unção, funeral, enterro, flores. Alejandra não falou muito com o Louco Florencio, mas o vê agir e tem medo dele. O fato é que sua aparência saudável e atlética convida não tanto a pensar que lhe restam três anos, no máximo, mas que tem gás para muito tempo. "As aparências enganam", assegura o paciente quando lhe dizem que não leva jeito de que vai morrer logo. "Meu pai era abstêmio e corria cem metros em treze segundos, e uma semana, antes de cravar os trinta e cinco, morreu esmagado por uma caminhonete do circo." Seu avô não fumava, não abusava de comida gordurosa, não flertava com o álcool, e pouco antes da festa do trigésimo quarto aniversário organizaram seu enterro depois de uma embolia.

Ela não precisa de mais anos. Avança para o fim. Já pode avistar a ruína. Esse estado misto de ausência e desespero total a leva a apanhar o giz e escrever seu último verso na lousa. "Não quero ir nada mais que até o fundo." Intui que nesse instante acabam de passar mil coisas pela sua cabeça, pois sente como que o golpe de uma cascata sobre a testa. Não retém nada. Os comprimidos a guiam por um lugar aberto. Mas isso ainda é insuficiente para ela. Vê nuvens altas. Ingere todo o Seconal sódico que tem em casa. Cinquenta comprimidos. Faz um esforço para evocar as amizades frutíferas, mas tudo desmorona como numa rajada de outono. *A morte morre de rir mas a vida/ morre de chorar mas a morte mas a vida/ mas nada nada nada...*

BOSTON

Antes de se dirigir ao consultório da doutora Rachel Schwartz, Anne parou para reabastecer no posto da O'Neill Street, no norte da cidade. Depois de encher o tanque do Cougar, passou pelo Planet para comprar cigarros. Estava há seis horas sem fumar. Tinha voltado de Belmont na véspera, aonde fora recitar e beber, e nessa manhã ainda arrastava sintomas de ressaca. Talvez por isso pediu café em vez de vodca, numa clara manobra de emboscada. Eram dez horas da manhã, e havia quatro homens debruçados no balcão. Seus olhares estavam perdidos, como sonâmbulos. Três deles se viraram para Anne e a cumprimentaram com familiaridade. Eram bem conhecidos. Tratava-se de Mark Thompson, Timmy Sheraton e Nicolás Troitiño, empregados da oficina mecânica em frente ao posto de gasolina. Também eram fregueses.

Charly, o dono, arrancou o *Boston Globe* das mãos de Nicolás, que chegara ao país sete anos antes, vindo da Espanha, onde era marinheiro, e entregou o jornal a Anne. "Você conhece as normas da casa", esgrimiu Charly com uma careta postiça, de madeira. As regras determinavam que, quando Anne entrasse no bar, o *Boston Globe* devia ser liberado para ela, e ponto. Nicolás as conhecia perfeitamente. "Assim vou achar que você tem preferência por ela, e não por mim", disse de bom humor, apesar das regras. Anne se afastou um pouco do balcão, mas segurando-se na beirada com as duas mãos, e brindou o espanhol com um sorriso e uma piscadinha.

Desalentada, porém, não passou da primeira página. De repente o jornal se empinou, como uma garrafa. A capa trazia a foto de um Richard Nixon de cadeira de rodas, empurrada pelo filho e pela esposa. Teve ânsia de ressaca. Ela nunca tinha ânsia de ressaca, o que dava uma medida do seu nojo por Nixon. O ex-presidente, com a perna esquerda erguida, deixava o Long Beach Memorial Hospital, onde estivera internado desde o dia 23 de setembro para tratar de uma flebite. A mera visão da sua imagem matou em Anne qualquer vontade de abrir o jornal. Limitou-se a correr os olhos pela capa, onde também se informava que o Prêmio Nobel de Literatura tinha ido para Eyvind Johnson e Harry Martinson, ambos suecos.

Charly, com as mãos molhadas, apontou para a parte inferior do *Globe*. "Isso aí vai esquentar", vaticinou. Segundo a manchete, a União Soviética realizara testes de lançamento de mísseis submarinos no Ártico. Anne mostrou indiferença, muito afetada pelo ex-presidente do país, manco e imbecil. "Me serve uma vodca, Charly", pediu finalmente, para devolver as coisas ao seu devido lugar. Teria que superar aquele estado de ânimo induzido por Nixon. Fechou os olhos por um segundo e intuiu sobre si os mesmos "pássaros cinzentos" que obcecavam o coração da sua amiga Sylvia Plath.

O quarto homem no balcão era Michael Doherty, que agia como se Anne não estivesse no recinto. E não porque não se conhecessem. Conheciam-se. No extremo do balcão, com uma viseira enterrada até as sobrancelhas, ele parecia ainda aborrecido com a atitude de Anne três semanas antes, quando se encontraram por acaso no pub Leonard. Tinham trepado com certa assiduidade durante um mês, sem que isso tivesse maior importância, mas naquela noite Anne pediu para Michael se perder dela. "Já tive o bastante", acrescentou. Para Doherty, foi como um chute no estômago, mas não pôde fazer nada além de se perder em meio à clientela, como tantas outras noites. Até hoje, no bar de Charly, nessa manhã ensolarada de outubro, os dois não tinham se reencontrado. Anne o encarou, desafiante. A verdade é que era difícil para ela não sentir atração por aquele jovem de apenas vinte anos – metade da sua idade –, tão bonito e forte. Seria capaz de trepar com ele agora mesmo – pensou – no banheiro do bar ou no banco de trás do seu Cougar. Mas era bem provável que Michael não estivesse mentalmente preparado para querer dar uma trepada nessas condições e nesse exato momento. Era tão imaturo – suspeitou Anne – que talvez ainda estivesse ofendido.

Dobrou o jornal ao meio, e com uma caneta vermelha que tirou da bolsa escreveu no alto:

Tomem uma à minha saúde.

Em seguida, afastou o *Boston Globe* para dar espaço à vodca. O primeiro gole a regenerou. Foi automático. Charly lhe servira uma dose equilibrada, *para as manhãs*, que lhe devolvia a lucidez roubada pela ressaca e por Nixon. Era uma introdução perfeita para passar do bar ao consultório da terapeuta Schwartz.

Chegou quinze minutos atrasada ao pequeno apartamento da sua psiquiatra, situado ao leste de Boston, num bairro agitado que tentava superar sua antiga decadência, e para onde começavam a se mudar profissionais de diversos setores que aos poucos iam empurrando os traficantes e as prostitutas para outros pontos da cidade. Quando Rachel Schwartz ainda a recebia no horário da tarde, Anne sofreu uma tentativa de estupro e lhe roubaram a bolsa duas vezes. Fora disso, achava o bairro agradável e inspirador. Pela janela da sala de espera, distinguiu perfeitamente duas prostitutas do turno da manhã fazendo a ronda. Duas outras mulheres aguardavam na mesma sala que ela, folheando revistas. *Aqui,/ a mesma velha turma,/ a mesma cena gasta./ O alcoólatra traz seus tacos de golfe./ A suicida traz mais pílulas cosidas/ ao forro do seu vestido.*

"Você está com cara de cansada", comentou a doutora ao vê-la. Na soleira da porta, quando Anne passou, não deixou de reparar no cheiro de álcool que ela arrastava, como a cauda de um cometa. "Você bebeu", afirmou a psiquiatra.

"Precisava me limpar", explicou brevemente Anne, que reduzia a importância de tudo. Cada decisão que tomava, por mais grave que fosse, a seus olhos estava carregada de naturalidade. O escândalo não existia na sua vida.

Retomaram a sessão da segunda-feira, quando passaram uma hora e meia falando de Linda e Joyce, as filhas de Anne, que, desgastadas pela doença da mãe, tinham abandonado a casa a tempo de evitar adoecer, elas também. Apesar de no verão passado, entre um amante e outro, Anne ter convivido durante algumas semanas com Joyce e seus amigos, a relação não era a mesma. E isso lhe doía demais.

Fazia muito tempo que ela ignorava o motivo pelo qual acudia à terapia. A cura era impossível, e o alívio do tratamento, cada vez mais frágil; então, qual o sentido de ela nunca faltar às sessões? Qual a razão tão forte para não abandonar a terapia? Na realidade, Anne visitava Rachel porque era um jeito de não se sentir completamente só. Tratava-se de *estar* com alguém que entendia o vazio de uma mulher selvagemente só, apesar de viver rodeada de amantes e admiradores. A solidão se verificava no meio da multidão. Viver rodeada de gente também era viver numa ilha, dentro de um poço. Ela já havia perdido toda a fé na sua cura. Não acreditava nem sequer na possibilidade de se estabilizar e não cair mais baixo. Nunca acabava de desmoronar por completo.

Da primeira vez que visitou um psiquiatra corria o ano de 1948, e ela fora arrastada pela mãe, empenhada em que esquecesse o cirurgião por quem se apaixonara no seu primeiro ano de casada. Depois de três meses de terapia e da sua primeira overdose de soníferos, conseguiu tirar aquele homem da cabeça. Mas ao mesmo tempo inaugurou uma longa peregrinação pelos consultórios da psiquiatria norte-americana, que durava até hoje.

A doutora Rachel Schwartz lhe era francamente simpática. Jovem, miúda, de pele muito clara, como se não se refletisse nos espelhos, por momentos parecia não levar a sério nem sua vida, nem seu trabalho. A sócia ideal. Isso despertava empatia em Anne, para quem era cada vez mais difícil suportar seus psiquiatras e suas persistentes tentativas de evitar que Anne fosse Anne.

No final de 1973, sua terapeuta anterior, Laura Johnson, a abandonara por causa da sua "falta de cooperação". A discussão final foi ofensiva e amarga, embora Anne tenha dado importância nula ao episódio, como a tudo nos últimos tempos. Havia uma frase, porém, que desde então ela levava para cima e para baixo, nos bolsos, fazendo barulho de chaves. Era como uma sombra guardada num porta-moedas. A doutora Johnson a pronunciara no vendaval da discussão, e depois veio o silêncio. Certamente, ela não mediu as palavras que disse, mas as disse. "Eu não te dou mais de um ano de vida." Anne não perdeu o chão, nem sequer se sentiu ofendida, apenas se limitou a conservar a frase na memória, numa gaveta da memória, que só esporadicamente abria, como quem guarda uma foto amarelada ou um velho número de telefone, caso um dia... A frase equivalia a um fantasma pessoal que só marcava presença quando ela abria a "gaveta". *Há fantasmas mulher,/ nem pálidas nem abstratas,/ seus peitos murchos são peixes mortos./ Não bruxas, fantasmas/ que chegam bracejando à toa/ como servas desprezadas.// Nem todo fantasma é mulher,/ tenho visto outros;/ gordos, de pança branca,/ portando os genitais qual trapos velhos./ Não monstros, fantasmas./ Há um que calca os pés bambos, sobre/ a minha cama.*

Poucas semanas depois da anunciada ruptura com Laura, Anne começou a terapia com Rachel Schwartz, por quem sentiu simpatia desde o primeiro minuto, quando estabeleceram as regras que valeriam nas sessões e combinaram que nelas seria permitido fumar, sem restrições. Por isso, antes de se dirigir à consulta naquela manhã, Anne providenciou um maço de Salem. Durante uma hora e meia de escavação nos seus demônios, podia chegar a fumar vinte cigarros. Hoje, no entanto, Anne fez uma coisa estranhíssima – pouco antes de terminar a sessão –, que foi deixar o maço e o isqueiro atrás de um vaso com margaridas, enquanto Rachel atendia o telefone.

Depois que a doutora desligou, trocaram mais algum comentário sobre as filhas de Anne e ficaram de se ver na segunda-feira seguinte. Dez minutos depois, Schwartz descobriu o maço de cigarros e o isqueiro atrás do vaso de flores. Era impossível que Anne tivesse abandonado aquilo ali ingenuamente. Estranhou e começou a temer algo, mas não sabia o quê.

SANT CUGAT

A vida lhe ensinara que não se deve guardar nada para amanhã. O futuro não existe, o futuro já passou. Cabe no máximo esperar que em algum momento luminoso o passado traga algo de novo, como o mar arrasta velhos cadáveres de volta à praia. Há pessoas que vivem de cara para o futuro; outras, para o passado. Gabriel vivia com vistas à História. Ele se contentava em saber de onde vinha e como chegara até onde estava. Nunca se interessou pelo lugar aonde ia. De resto, ele já dispunha dessa informação, ainda que a guardasse secretamente há muito tempo.

Carmen lhe serviu mais um copo, com a condição de que fosse o último. "Hoje já deu, Gabi", e pousou uma mão no seu ombro. Ele sorriu e perguntou se ela conhecia o telegrama que Mauriac recebera de André Gide no dia seguinte à morte do autor de *Os moedeiros falsos*. Carmen Rojo balançou a cabeça, como fazem os cavalos para espantar as moscas dos olhos. Nunca tinha ouvido falar de Mauriac. O telegrama era bem breve. Dizia: "O inferno não existe. Solte o cabelo. Stop. Gide".

O bar já estava vazio. A dona se aproximou de Gabriel, levantou seu copo e passou um pano na mesa. Depois se sentou ao seu lado, cara a cara. Nessa solidão dividida entre os dois, pediu para ele recitar algo, mesmo que fosse breve, coisa que Gabriel não costumava fazer. De fato, a última vez tinha sido em 25 de abril de 1970 – e já na época era uma exceção –, na sala Gran

Price de Barcelona, um local especializado em espetáculos de boxe e luta livre que naquele dia recebeu o I Festival Popular de Poesia Catalã. O Price dos Poetas, como ficou conhecido mais tarde, acolheu autores como Joan Colomines, Agustí Bartra, Feliu Formosa, Joan Oliver (Pere Quart), Salvador Espriu, Jordi Tejedor, Joan Vinyoli, Rosa Leveroni, Josep Palau i Fabre, Joan Brossa, Jordi Sarsanedas, Josep Maria Llompart, Jaume Vidal i Alcover, Xavier Amorós e Francesc Vallverdú. Além do próprio Gabriel. Este interpretou "Cançó del gosar poder".

Na madrugada, embalado por Carmen e pelo gim Giró, ele recuperou aqueles versos. A voz rachada e estridente de abril de 70 foi substituída pelo sussurro, que naufragou paulatinamente até o último verso, no qual um Gabriel renascido recitou firme, embora ziguezagueante: *"Olho vivo, general, que uma pátria/ ousa pôr, sim, muita esperança em ti./ Não ouses, não, poder perder batalhas./ Porém tampouco deves ganhar todas./ Se teu napalm dá pra encharcar o Norte,/ ousa poder perder guerras no Sul"*.

O bar se quebrou como um brinquedo muito usado e ficou em silêncio. Até as madeiras pararam de estalar, uma operação de ajuste entre as tábuas que elas sempre executam à noite, quando quase ninguém as ouve. Nesse clima clandestino, Carmen disparou uma pergunta que vinha preparando há muito tempo, como um caldo caseiro que pede lentidão e fogo brando. Agora estava enfim madura, e a curiosidade ardia dentro dela. "Gabi, por que você não voltou a escrever poesia?" Talvez seu amigo estivesse há tanto ou mais tempo preparando a resposta, porque não precisou pensar nela. "O verdadeiro poeta para de fazer as coisas quando já sabe fazê-las, não se alonga, porque aí faria estilo do seu próprio estilo." Talvez não fosse o tipo de resposta que sua amiga esperava, mas foi suficiente, pois no rosto dela se desenhou certa satisfação.

A caminho de casa, Gabriel se lembrou do começo de "O nadador", de John Cheever, cujos primeiros parágrafos ele sabia de cor. "Era um daqueles domingos de verão em que fica todo mundo sentado dizendo: 'Bebi *demais* ontem à noite'." Esse início inesquecível muitas vezes lhe vinha à cabeça quando, como agora, saía bêbado de El Mesón, com a madrugada retorcida, e zanzava pelas ruas pensando que no dia seguinte amargaria uma dor de cabeça insuportável. Mas hoje o texto de Cheever chegara com outra disposição. Não viera só, ou não pelas razões simples com que chegava em outras ocasiões. Era um sinal; desta vez funcionava como uma parábola. Tinha chegado a decadência. Na realidade, a decadência já estava lá nos últimos tempos, mas Gabriel a redescobriu de repente, valendo-se da estratégia desses dias em que você abre a porta de casa e surpreende o vendedor de enciclopédias prestes a meter o dedo na campainha. Esse era o momento, o minuto, que o poeta mais temia, o segundo em que levanta a cabeça e se vê embaçado e percebe que logo vai cheirar a velho. Demorou a perceber, mas sua contemplação foi brutal. Seu único tema sempre fora a difícil passagem do tempo e as mulheres que transitavam por ele, e de repente tudo isso, enferrujado, já havia acontecido. Deu-se uma constatação atroz do presente. Não havia mais mulheres nem mais tempo. Era o fim. Não havia mais nada. Tudo se encaixou porque tudo voltou ao lugar. Naquela tarde de 1957, acompanhando Jaime Salinas num passeio por Reus, ele previra que nunca chegaria aos cinquenta. "Não quero cheirar a velho, Jaime", confessou. A decadência se manifestou de um modo insuportável, explícito, grosseiro. *Virá o dia mais longo de um verão/ longuíssimo. De manhã, antes que liguem/ chamando a bosque ou praia, partiremos.*

Até agora, o silêncio em que sua poesia caíra havia sido coberto pela gramática e pela linguística, e numa proporção maior ainda por uma camada de muitos gins-tônicas secos e frios, e assim o buraco permaneceu oculto. Se bem que, talvez, o silêncio que cobrira sua poesia não fosse tanto uma causa, mas um efeito. Um dia perguntara a Baltasar Porcel: "Você não acredita na lenda de que o álcool é bom para fazer literatura?"; "Nunca, jamais o álcool me sugeriu nem meio verso. Nem duas palavras. Quando eu bebo, mesmo que seja só um copo, sou incapaz de escrever. Não digo que num dia de bebida ela não possa provocar umas associações mentais incríveis, que no dia seguinte, sóbrio, você pode até aproveitar, se conseguir se lembrar delas".

Gabriel tivera seu momento poético, que brotou e definhou em datas bem concretas. Gostava de falar do agosto mágico de 1957, quando sua mãe viajara a Londres e o deixara sozinho em casa durante um verão inteiro, em que ele que leu Shakespeare seriamente, e ao longo de um semestre o releu por ciclos, até descobrir que em poesia podia-se expressar tudo. De fato, pensando em Shakespeare, escreveria "In memoriam", seu poema mais longo e emblemático. E de repente, no final de 1963, sua poesia caiu no buraco. Tirando quatro ou cinco poemas breves, desistiu de escrever. "Não tenho mais nada a dizer", anunciou aos amigos mais chegados quando começaram a dar falta dos seus versos. Claro que ele tinha o que contar do homem, da mulher, da humanidade, que eram eternos, mas nada relacionado a coisas diretas, experimentais, próprias, e portanto efêmeras. Nisso ele seguia o conselho de Carlos Barral, que recomendava não buscar a poesia para se expressar, mas para se investigar. Essa explicação despertava poucos aplausos. Socialmente, tinha mais sucesso a "confabulação pueril" que Gabriel e Jaime Gil diziam seguir com extremo rigor: "Um poema", argumentavam, "deve ter, no mínimo, o mesmo grau de sentido que se espera de uma carta comercial". Tal princípio excluía uma porcentagem relevante da poesia que estava sendo escrita, reconheciam. "Qual o sentido de dizer", argumentou Gabriel durante uma entrevista, "como diz certo poeta, 'com sangue eu quisera fazer uma canção de mármore'? Nenhum."

Mas hoje descobriu que o buraco, que estava sempre ali, oculto, adormecido, agora se escancarava e o convocava como um velho ressentimento. Um buraco não descansa enquanto não for preenchido de novo. Pensou nisso andando aos tombos. Não articulava uma palavra e mal conseguiu devolver o cumprimento de alguma prostituta que encontrou a caminho de casa. Conhecia todas elas pelo nome, embora já há muito tempo não frequentasse sua companhia. O regresso ao seu apartamento foi penoso. De repente sentiu falta das mulheres que mais o amaram. De Marta, o ser que ele mais amava; teve saudade de Jill, de quem não conseguira cuidar como queria; teve saudade de Helena, que seguira seu ritmo apenas por uma temporada; teve saudade de María Luisa, que no tempo do serviço militar, em Barbastro, lhe enviara ao quartel *La Chartreuse de Parme* e *Le Rouge et le Noir*, de Stendhal, e ele nunca se esqueceu disso; teve saudade da mãe, que também durante o serviço militar lhe mandara um volume de Rabelais cujo formato, equivalente ao de um missal, tornou suportáveis as cerimônias religiosas. Esse peso e o gim se tornaram insuportáveis, e Gabriel caiu no chão, com a fraqueza repentina de uma marionete, incapaz de se esquivar de três bicicletas apoiadas contra uma fachada. Em vão tentou se desvencilhar. A aba da gabardina ficou presa numa corrente e ele carecia do jeito e da força para se soltar. Desistiu, estirou-se sobre as ferragens e fechou os olhos.

TURIM

Cesare fica às escuras. Existem muitas famílias de escuridão, alguma delas compatível com a luz, talvez a mais aguda. Sem saber por quê, ele volta a fechar a janela, talvez pela necessidade de um movimento defensivo, malogrado. Deve viajar nessa hora calma em que tudo se detém, numa forma inútil de inexistência. *Toda coisa no escuro consigo saber/ como sei que meu sangue me corre nas veias.* Já é meio-dia. Permanece imóvel, oscilando no calor, enquanto pensa no que vai pôr na mala. Finalmente, decide que vai passar uma semana em Santo Stefano. O homem sempre está partindo de um lugar e chegando a outro, mesmo que não se mova da sua cidade.

Essa escuridão, em pleno dia, o faz lembrar daquela escola bizantina de monges pintores que, antes de começar um quadro, se trancavam numa escuridão total. Assim permaneciam por vários dias, esperando a hora de criar. Durante esse tempo, com as janelas vedadas para não deixar entrar nem uma réstia de luz, davam-lhes de comer à noite. Seus companheiros de mosteiro deixavam o alimento em frente à porta da cela. Com o passar dos dias, os reclusos começavam a distinguir matizes na treva. Chegava uma fase do isolamento em que o monge afinal estava pronto para refletir com clareza na tela aquela atmosfera captada no escuro, durante os dias de confinamento. Era essa a origem do hieratismo, com aqueles espaços irreais e aquelas figuras que se moviam contra um fundo dourado e resplandecente.

Todo dia a noite chega muito cedo para ele. Às vezes logo de manhã. Agosto não lhe concedeu jornadas de paz. É sempre inverno *aqui dentro*. Tédio, morte, desespero, suicídio. Tinha razão quando afirmava que o futuro viria de uma longa dor e de um longo silêncio. Os passos de Maria no corredor, sobrevoando seu quarto como um abutre antes de mergulhar sobre a matéria decomposta, o empurram de volta à janela, que ele entreabre um pouco, o bastante para distinguir sua mesa, o guarda-roupa, a cadeira, os pequenos objetos. Abre a mala sobre a cama, coloca dentro dela uma camisa, alguma roupa-branca, meias, todos os seus comprimidos, os diários pessoais, seus últimos poemas e o exemplar dos *Diálogos com Leucó* que estava sobre a mesa de cabeceira. Alguns dias, quando a escuridão se empoça, esse livro ainda lhe oferece consolo. Enquanto faz a mala, sente o aborrecimento crescer. Essa imprevisão o contraria. A decisão de viajar a Santo Stefano o pegou de surpresa. A irreflexão o exaspera e a reflexão o agonia. Ouve os sinos de domingo chamando para a missa na igreja de Santo André.

Quando o que ele precisa já está dentro da mala, chama por Maria no corredor. Sua irmã emerge cantarolando uma canção morta, ou gravemente ferida. Cesare nota que ela prendeu o cabelo num rabo de cavalo. "Vou indo." "Quando você volta?", pergunta. "Logo." Fala ao acaso, sem vontade de responder. Quando tudo se acabou, são bem poucas as conclusões a que se pode chegar pensando. Certo automatismo é bom para não revelar o que se trama secretamente. Não gosta de despedidas, também por isso diz que vai voltar logo. Mas está tudo acabado. Gosta muito da irmã. Nunca fala. Está desapontada e ferida naquilo que mais lhe importa: a casa, as meninas, a vida, certamente Cesare. Toda manhã ela acorda ao amanhecer e se deixa levar

até a igreja. Não acredita em nada, mas se abandona. Sempre cuidou do irmão depois da morte da mãe. Desde então, Cesare viveu com ela e sua família na Via Lamarmora. Quando ele estudava à noite, sem levar nada à boca para não ser surpreendido pelo sono, Maria o esperava para jantar. Sabe que não suporta esperar entre um prato e outro. Ela se acomoda ao silêncio da cozinha, e ele come e lê ao mesmo tempo.

Cesare deixa a casa e sai para a rua. A imagem da Via Lamarmora transmite uma grande paz, ainda que poeirenta. Por outro lado, quem escuta sinos a caminho do cadafalso? A comunicação se corta no último trecho. Mas a comunicação se interrompeu muito antes. Mas a comunicação real nunca se deu. Mas dois homens não têm nada autêntico a se dizer porque nada verdadeiro se projeta ao exterior. Mas o coração é hermético. São muitos "mas".

Caminha até a parada do bonde feito um fantasma. Também existem várias famílias de andar, alguma delas compatível com a imobilidade. Ele se desloca, mas está sempre no mesmo ponto, fantasmagórico. Quando chega, apoia a mala no chão e se senta sobre ela. Abandona-se. Transcorre um minuto sem que nada aconteça ao seu redor. Nisso consiste o abandono. Quietude. Ausência. Deserto. Logo de manhã, ele foi atacado por uma modalidade de silêncio que já experimentara nos seus dias de prisão em Brancaleone Calabro. A diferença é que estes são os últimos silêncios. *Na minha alma perdida/ canta alto, altíssimo, a solidão/ uma cançoneta ébria de vida.* Parece-lhe o minuto mais longo e vazio da sua vida, até que, da esquina, irrompem dois garotos. Estão com os joelhos esfolados.

Passam diante de Cesare sem reparar na sua presença. A infância é uma certa indiferença alegre, como quando você fica mascando chiclete com os olhos postos numa encruzilhada só esperando alguma coisa acontecer. Os dois vão chutando uma lata de sopa. "Eu sou o Valentino Mazzola", diz um. "Então eu sou o Ezio Loik", diz o outro. Cesare ensaia um sorriso. É apenas um projeto fracassado, como todo sorriso que leva um balde de água fria. Ele nunca se interessou por futebol, mas é impossível viver em Turim e não saber que Mazzola e Loik eram jogadores do Grande Torino que estavam no avião que caiu perto da basílica de Superga voltando de Lisboa, aonde tinham ido jogar contra o Benfica pela Superliga. Mazzola era o capitão, e, com ele à frente, o time conquistara cinco *scudetti* seguidos na última década. Mesmo detestando o futebol, Cesare tinha simpatia por aquela equipe. Impunha-se como uma alegria inevitável. Mas no ano passado, em maio, os dezoito jogadores da escalação desapareceram, e com eles a comissão técnica e os jornalistas que os acompanhavam no voo.

Cesare sobe no bonde. Está quase vazio. Agosto é um mês para fugir. Os quatro passageiros espalhados pelo vagão agem como se viajassem sozinhos. São zumbis. A solidão é o cenário da morte e, quando ela se torna absoluta, tão verídica que é inconcebível duas pessoas se entenderem, então chegou o fim. Este é seu traslado ao reino dos mortos. O sacolejo do vagão o embala até quase adormecê-lo.

Na parada da Piazza Solferino, descem dois passageiros e sobe outro. Do seu banco, no fundo do vagão, tem a impressão de nele reconhecer Primo Levi. Ele mal tem tempo de olhar seu rosto, porque o outro vai se sentar num dos bancos da frente. Está quase convencido de que é mesmo Primo, mas não tem certeza. Além do mais, está muito embalado pelo bonde para se levantar e ir cumprimentá-lo. Não deseja falar com ninguém. O silêncio o aproxima da morte, e agora isso é tudo que ele necessita.

Primo Levi costuma despertar nele um sentimento de culpa. Às vezes, quando pensa numa perspectiva crítica, Cesare sabe que foi um erro recusarem o manuscrito de *É isto um homem?*. À procura do novo, não repararam no clássico, que às vezes é o revolucionário, e não apreciaram seu valor. Quando Levi chegou à editora Einaudi com seu manuscrito, Cesare reparou mais no homem que no texto, e isso o levou mais rapidamente ao erro. Depois de sobreviver a Auschwitz, Primo assumira seu emprego de químico numa indústria de pintura. Todo dia, ao terminar sua jornada, depois de dez horas de trabalho, ele ficava escrevendo na fábrica vazia. Cesare achou isso admirável, mas pouco poético, e deixou escapar aquele texto. Tremendo erro. Natalia, ao dar a palavra final no fechamento do parecer, aperfeiçoou o equívoco.

Olha através do vidro. Repara no próprio reflexo. Vê um homem encurralado pelo tempo, já acabado. Fecha os olhos, desejaria ser cego, mas também se vê na escuridão. Reconstrói o rosto da *mulher que chegou em março*, Connie surge fantasmagórica e dolorosa para lembrá-lo do fracasso de estar só, de não ter casa própria, de não deixar filhos, de não ser amado com paixão por uma mulher. *Também a noite é à tua imagem,/ a noite remota que chora/ muda, no coração profundo,/ e passam estrelas cansadas./ Uma face toca uma face –/ um gelado arrepio, alguém/ se debate e te implora, só,/ perdido em ti, na tua febre.*

O bonde o deixa na Piazza Carlo Felice, em frente à Stazione di Porta Nuova, de onde sai o trem para Santo Stefano Belbo. De repente, em pleno meio-dia, com um calor insuportável, abstraído, sente que tudo aquilo que o rodeia perde sentido, se esvazia, se imobiliza, se transforma num cenário, vira noite. Sabe, de pronto, que não irá a Santo Stefano.

Isso tem que acabar. O suicida sempre deve estar pronto, com a mala feita. Sabe que a decisão pode se cristalizar a qualquer momento. Até no mais impensado. Esse é, habitualmente, o melhor momento, quando nada pressagia a confusão definitiva e todas as portas se fecham. O fim se desencadeia como uma tempestade de verão. Não *pode* ir a lugar algum. Nem acalentar esperanças. Fim. A angústia é tão insuportável que não consegue avançar. A realidade torna-se impermeável. Há diante dele um muro sem portas. É como se as fechaduras do mundo se derretessem porque não existe um lugar para uma pessoa como Cesare. Está tudo escrito. O que acontece com um homem não é senão o que seu passado pressagiava. Ele se furta do esforço de lutar contra isso. Há muito tempo entende que é assim. Sabe que está condenado. Sabia disso há tanto tempo que tentou que sua memória abrasasse *esse* conhecimento. Mas é impossível. O que foi será. O passado não se muda, está ocorrendo sempre.

BUENOS AIRES

Quando fica sozinha, prepara um chá e esquenta um pouco de caldo, que toma sem vontade. Já se acostumou a fazer as coisas que não gosta de fazer, assim como a desistir das que lhe interessam. Depois telefona para Esmeralda Almonacid, para ver se podem se encontrar à noite. "Não dá, meu amor", desculpa-se Esmeralda, que ficou de tomar conta do filho de uma prima, que "hoje faz cinco anos de casada e vai jantar com o marido". A poeta, como se tivesse medo de passar a noite consigo mesma, liga para Víctor Richini e Jorge García Sabal. O primeiro está fora de Buenos Aires, portanto tem uma desculpa; Jorge responde com franqueza, confessando que por nada neste mundo vai sair do sofá, onde está "domando" uma ressaca selvagem. A perspectiva de ficar com Alejandra, no seu apartamento da Montevideo 980, anuncia mais álcool, e está aí uma coisa que ele não precisa. Recusa o convite da amiga com um "não, nem louco".

A noite alta entra na casa como um ladrão. Alejandra relê o pequeno bilhete manuscrito que Julio lhe enviou acompanhando os livros que o visitante misterioso deixou com a vizinha. Ela ama essa letra, acha que é sábia, só à altura do Cortázar. O fascínio pelos segredos que se ocultam na grafia das pessoas foi uma constante na sua apaixonada relação com a literatura e suas ferramentas. Ela não pode ler um texto escrito à mão, que já quer decifrar nos traços sinais da personalidade do autor, quando não sombras da sua vida. Seus dias em Paris lhe deram a oportunidade de conhecer poetas gigantes, gênios, mas com uma letra que comprometia o interesse pelos seus escritos. O caso de André Pieyre de Mandiargues era paradigmático. Bom amigo e até bom poeta, sua letra era uma negação da própria ideia de literatura. Alejandra nunca viu nada igual. Aquela letra atormentava quem se expusesse a ela por muito tempo. Provocava na retina um efeito semelhante ao do sol. Tinha um poder de penetração e destruição comparável às fontes de luz de alta intensidade. Não devia ser lida para além de umas poucas linhas. Por outro lado, isso era desnecessário, pois ninguém conseguia entender nada daquilo. A letra rompia as resistências do leitor pelo método de estonteá-lo e fazê-lo cair numa espiral da qual só podia sair convalescente. Ou louco.

Alejandra recorda certa vez que a caligrafia assassina de André derrubou Octavio Paz. Naquele tempo, ela trabalhava como datilógrafa da revista *Cuadernos del Congreso por la Libertad de la Cultura*, dirigida por Germán Arciniegas, mas já integrava o quadro de colaboradores estrangeiros da *Lettres nouvelles*, portanto frequentava as reuniões do conselho editorial, bem como os encontros posteriores nos bares parisienses, onde era comum vê-la recitar e beber na companhia de Yves Bonnefoy, Maurice Nadeau, Henri Michaux, Paul Verdevoye, Italo Calvino ou o próprio Pieyre de Mandiargues. Uma noite, quando ela ainda morava na Rue de Luynes, começaram bebendo na sua casa, espremidos mas à vontade, até que a bebida acabou. André Pieyre propôs que continuassem a festa no seu apartamento, onde a bebida era inesgotável, pois ele guardava caixas e mais caixas de uísque embaixo da cama, caso um dia a França sofresse um desabastecimento de álcool.

Às quatro da manhã, Octavio Paz – que na época já havia escrito o prefácio para *Árvore de Diana* – subiu numa cadeira para recitar os poemas que Pieyre de Mandiargues escrevera recentemente. O poeta mexicano nem era dos que mais tinham bebido, mas sua pouca resistência ao álcool dava um viés letal a seus tragos. Não passou da primeira palavra. Enroscou-se nela como numa teia de aranha, gaguejou, partiu-a ao meio, perdeu-se na sua orografia impossível, e de repente foi tomado de uma vertigem, como se aquela letra tivesse lançado um gás venenoso contra ele. Paz começou a oscilar no alto da cadeira, até que acabou tombando para trás, inconsciente. Ninguém conseguiu evitar o golpe contra o sexto volume de *L'Encyclopédie ou Dictionnaire raisonné des sciences, des arts et des métiers* que estava sobre a mesa, e que Pieyre de Mandiargues comprara por uma pechincha de um livreiro em apuros semanas atrás. O golpe contra o nobre volume amorteceu o posterior baque contra o chão, aonde Paz chegou com os olhos revirados. Quando recuperou a consciência, atribuiu o desmaio à "endiabrada e criminosa letra do André".

A letra de Cortázar era o contrário do caos. Era a seda, era a luz, era a magia, era o abraço, era o riso. Era a cópia perfeita de Julio. Alejandra pensa nele com frequência. Se ela um dia chegou a Paris cheia de expectativas e deixou a cidade a contragosto, mas transformada numa poeta madura, foi em parte graças a ele e a outros amigos, como Octavio Paz e Rosa Chacel. Antes de conhecê-lo, vivia sozinha e perdida. De fato, quando chegou à Europa, em junho de 1960, ela se viu obrigada a conviver, na campina francesa, com uns tios que detestava. Foram três meses desesperadores, até que correu a Paris e alugou um quartinho escuro na Rue Saint-Sulpice, que ela apelidou de "navio naufragante à la

Rimbaud". O frio era tanto que toda vez que Alejandra entrava em casa tinha que se refugiar na cama, envolta em várias malhas e mantas, como seu admirado conde de Lautréamont.

Conhecer Julio transformou tudo e a empurrou para a maior aventura social e intelectual que cabia viver na Paris dos anos sessenta. O carinho que a jovem poeta despertou tanto em Cortázar como na sua companheira na época, Aurora, levou o casal a lhe passar trabalho nos momentos difíceis.

O bilhete de Cortázar puxa a lembrança do dia em que ele apareceu no quarto que ela alugava na Rue du Bac. Quando Alejandra abriu a porta, aquele homem alto e barbudo, que sorria animado, estava com o manuscrito de *O jogo da amarelinha* embaixo do braço, como uma baguete. A imagem ficou gravada na memória dela para sempre. Julio, porta, barba, braço, manuscrito. Ele estava lá para propor que ela batesse o livro à máquina. O bico lhe daria um dinheirinho, e aí ele afinal poderia procurar um editor para o romance que lhe concederia a glória. Alejandra atravessava uma fase extraordinariamente criativa, escrevendo e lendo poesia sem parar todas as noites, esticando até depois de o sol raiar. Não iria recusar um convite como aquele. Além disso, estava mesmo precisando do dinheiro.

A tarefa de bater à máquina foi sendo adiada. Ela ficou tão fascinada com o manuscrito que nunca achava o momento de transcrever o texto, preferia ler sem parar. Na hora em que o pegava entre as mãos e o lia, não conseguia fazer outra coisa senão se extasiar sobre a cama. O prazer que *O jogo da amarelinha* lhe proporcionava a impedia de *trabalhar* nele. Só queria ler. Não demorou muito, Julio começou a ficar aflito. Alejandra não avançava, e a ansiedade de ter as primeiras páginas datilografadas começava a aumentar nele.

Cortázar ainda nem suspeitava que a poeta não estava encontrando o original. "Como assim, você perdeu?", interrogou-a Fernando Noy no dia em que Alejandra confessou que não sabia onde o romance estava. "Não perdi, não", ela explicava, "simplesmente não sei onde o enfiei." Farto da calma com que Alejandra parecia encarar o encargo, Julio resolveu reaver seu manuscrito. Não podia esperar mais. A certa altura, ela já não tinha mais desculpas e, quando passou a evitar o autor descaradamente, para ganhar tempo, Cortázar começou a lhe telefonar de madrugada, quando sabia que a encontraria acordada, escrevendo ou lendo. Mais de uma vez coube ao próprio Noy atender a ligação. "Diz pra ele que eu não estou... que saí... que volto daqui a pouco", Alejandra pedia com sua clássica gagueira, entregue à sua poesia. Fernando tremia quando ouvia a telefonista anunciar: "Chamada para Alejandra Pizarnik de parte do senhor Julio Cortázar". Até que o manuscrito apareceu, do nada, um dia em que ela não o procurava, atrás de um aparador sobre o qual a poeta acumulava toneladas de papéis, entalado contra a parede. O romance tinha deslizado em silêncio, como uma cobra, e permanecera várias semanas no ostracismo. Mas a poeta nunca se desligaria de *O jogo da amarelinha*, tanto que alegava ser a verdadeira Maga.

Deitada na cama e escutando Nina Simone do jeito que seu querido Julio a ensinara a escutar, ou seja, de olhos fechados, os músculos em retirada, imaginando que é o ano 2500 e você está morta, Alejandra de repente sente o teto desabar em cima dela. Pá. É uma impressão esquisita, angustiante, num momento em que desejaria estar acompanhada. Na verdade, o teto é uma metáfora do céu, e diante de tamanha imensidão ela busca socorro nos remédios que guarda nas gavetas da escrivaninha. Ingere três comprimidos e volta a 2500. O céu se eleva de novo, embora lentamente, até que volta ao seu lugar.

BOSTON

Estava na hora, mas Anne desenvolvera o hábito de sempre chegar dez minutos mais tarde aos lugares onde a aguardavam. Era um hábito relativamente assentado nas suas práticas, que ela aplicava com rigor quando se tratava de algum recital de poesia e com mais flexibilidade em outras ocasiões. Chegara à conclusão de que um pequeno atraso além da hora marcada lhe proporcionava maior controle sobre o movimento ao seu redor. De início, ensaiou a impontualidade apenas para se descondicionar da mania do seu ex-marido de comparecer com absoluta pontualidade aos seus compromissos. A obsessão por não chegar tarde fizera dele uma pessoa irritante. Kayo considerava o atraso uma ofensa para quem o aguardava. Tornou-se um sujeito obcecado, paranoico, que até procurava estar com certa antecedência no local combinado. Dependendo do gênero de encontro e do tipo de pessoa ou grupo com que iria se encontrar – ou simplesmente tomar umas cervejas –, a antecipação podia ser de cinco, dez ou quinze minutos. Até de uma hora. Quando tentava chegar em cima da hora, ficava aflito no caminho. E se acontecesse algum imprevisto, um acidente? Algo, qualquer coisa. Ninguém estava livre de sofrer um desastre. Obviamente, não suportava esperar pelos outros. Odiava que as pessoas chegassem tarde. Não podia resistir. Ficava transtornado, e a exasperação transparecia no seu rosto. Achava que as pessoas impontuais mereciam a câmara de gás. Diante disso, Anne virou uma impontual sistemática, mas com a imposição de um limite máximo de dez minutos.

Antes de ir para a garagem, onde tudo encontraria seu lugar definitivo, como essas estradas que terminam perto do mar por falta de solo firme, a poeta se demorou por alguns instantes na cozinha. Ali ganharam forma alguns dos seus poemas no passado. Ali ela encontrara o fio sussurrante do qual depois puxar com sua máquina de escrever. Gostava de tomar notas numa folha sobre a mesa de madeira, de frente para o jardim, mas fazia tempo que não escrevia poesia desse modo. Preparou a última vodca, dessa vez executando cada movimento como parte de um grande ritual. Escolheu um copo maior e colocou mais gelo. Ao abrir a geladeira para pegar a garrafa, reparou no poema preso na porta. Ela o escrevera na semana anterior, e era sua última criação, talvez seu outro jeito de dizer adeus, de ficar vazia, sem mais poesia dentro. Depois desse, não conseguira escrever mais nada. Nem uma frase, nem uma palavra. A poesia fechara as portas para ela. *Estou de máscara pra escrever as últimas palavras/ ... e as colocarei/ na geladeira reservada para a vodca e os tomates,/ e talvez elas se salvem.*

A liturgia do último copo incluiu aumentar a dose de álcool um dedo acima da medida. No seu mundo, fazia tempo que as unidades de medição eram dedos, gelos, goles. Anne dedicou um pensamento fugaz a um colega da Universidade de Colgate que concebia a cerimônia de beber como o jogo do *um pouco mais difícil*, em que a dose de álcool deveria ser gradualmente aumentada a cada copo. A bebida era apenas uma escalada de apostas, e a partida só terminava quando o bebedor desabava, inconsciente mas não derrotado. Simplesmente dobrado e extraviado, jamais vencido. O mesmo colega de trabalho sustentava que a bebida ainda era um dos grandes prazeres modernos acessíveis a um preço razoável. O tempo não era de pôr a felicidade em risco.

Quando tudo enfim estava pronto, Anne tirou os anéis e os deixou enfileirados sobre a mesa. Depois foi até seu quarto, abriu o guarda-roupa e pegou um velho casaco da mãe que ela não usava há anos. Ficava justo, mas ela se sentia abraçada pelos antepassados toda vez que se cobria com ele. Num dos bolsos achou um velho ingresso para uma adaptação de O rinoceronte, de Ionesco, a que ela assistira numa temporada em Nova York, e o jogou em cima da cama. Essa coincidência a fez sorrir com amargura, porque o protagonista da peça, e o único personagem que não virava um rinoceronte, era um bebedor endiabrado, um viciado.

Seu Cougar vermelho era o vestígio de um tempo melhor, ou pelo menos de um tempo passado que ainda se conservava em bom estado. Não tinha nem um arranhão, o motor funcionava como no primeiro dia e o interior estava sempre impecável. Anne comprara aquele carro com o dinheiro do prêmio Pulitzer de 1967 e desenvolvera por ele sentimentos relativamente românticos, íntimos, semelhantes aos que a ligavam ao casaco da mãe. Ao longo da vida, ela não conseguira se entender muito bem com as pessoas, mesmo com as mais próximas, com a exceção de Maxine, mas em compensação desenvolvera uma capacidade de empatia com as coisas. Era uma grande amiga dos objetos. Entendiam-se, e com eles era possível a comunicação que não fluía com os seres humanos. Era uma mulher *das* coisas.

Depois de fechar as portas da garagem, entrou no automóvel com o copo de vodca, abriu as janelas, deu a partida no motor e ligou o rádio, num exercício inaudito de conferir normalidade ao momento mais anormal. Acomodou-se, reclinando levemente o encosto, e fechou os olhos. No conforto, evocou seu último sonho, no qual entrava em casa nervosa, depois de um dia de trabalho terrível, em que um aluno testara sua paciência. Ao cruzar a porta da sala, deparou-se com um homem sentado no sofá, de pernas cruzadas, parecido com seu ex-marido; de fato, *era* seu ex-marido, mas ao mesmo tempo era diferente; de fato, não *era* seu ex-marido. Perguntou em tom ameaçador, com o gesto transtornado, quem era e o que estava fazendo na sua casa. "Amor, o que deu em você?", disse o homem que se parecia com seu ex-marido, descruzando as pernas, levantando-se do sofá e aproximando-se incrédulo da Anne do sonho. Aquela familiaridade a desconcertou. Amor? De que porra de amor aquele sujeito estava falando? A cena lhe pareceu falsa, ou no mínimo trucada. Uma miragem. Não recordava que seu ex-marido fosse assim, de cabelo escuro, daquela altura, carinhoso, de mãos longas e ossudas, exatamente igual ao seu ex-marido. Abraçada a ele, sentiu-se atracada. Afastou-o e recuou um passo. Não devia confiar numa pessoa com aquele perfil sub-reptício e insólito, que era e ao mesmo tempo não era seu ex-marido. "Oi, mãe", cumprimentou-a sua filha Joyce, que entrou na sala vindo do seu quarto com um livro de George Starbuck na mão, no qual tinha encaixado um dedo para não perder a página. Anne experimentou com aquela jovem a mesma sensação que tivera ao se deparar com o homem. Não era exatamente a mesma filha que logo cedo, ao sair para o trabalho, ela deixara em casa tomando o café da manhã. Duas sensações tão semelhantes não podiam ser coincidência. Estava acontecendo alguma coisa, e o que estava acontecendo, pensou Anne no seu sonho, era que aqueles indivíduos, nos papéis familiares, tinham tomado o lugar dos originais com algum misterioso propósito; misterioso e malévolo. A suspeita de que estava rodeada de duplos se confirmou quando Boby, o cocker spaniel que convivia na unidade familiar, pôs as patas em cima dela, e Anne notou que o bicho tinha um hálito diferente. Sem poder aguentar mais, Anne gritou pedindo socorro. Em seguida, tudo aconteceu muito rápido: o chamado ao serviço de urgência, a internação de Anne numa unidade de psiquiatria e o diagnóstico de uma psicose crônica com temática paranoide, fantasiosa e delírio de duplos, conhecida como Síndrome de Capgras. Enquanto isso, os impostores no lugar do ex-marido, da filha e de Boby punham as propriedades de Anne à venda. Nesse momento, ela acordou.

Mas isso foi ontem, agora Anne ia caindo lentamente na dormência enquanto no rádio tocava "Diamond Dogs", de David Bowie, que quatro meses antes ela tinha visto ao vivo no Music Hall de Boston, embora essa recordação não fosse mais que uma nuvem que se desmanchava. Tudo já era tênue, tóxico e irremediável. *Terei que descer com outras centenas/ num monta-cargas pro inferno./ Serei uma coisa leve./ Entrarei na morte/ como a lente que alguém perdeu./ A vida está meio aumentada.*

SANT CUGAT

"Você ainda não sabe que, quando eu digo duplo, quero dizer quádruplo?", perguntou com ironia quando Carmen ia parando de pôr gim no seu copo. A dona do bar olhou para ele, sorriu e serviu mais um dedo de bebida. Gabriel se acostumara a essa frase e a essa dose desde o tempo em que vivia no bar Apeadero, ao lado da Seix Barral. Ali se refrescavam os funcionários da editora à base de gim Giró, o mais seco que havia no mercado, segundo Carlos Barral, porque o catalão que o fabricava economizava em aromatizante. Nada mudou quando Gabriel se instalou em Sant Cugat. El Mesón logo virou o lugar onde ele passava mais tempo no cômputo diário. Carmen Rojo e ele se conheciam já de muito antes de o bar existir. De fato, sua amizade remontava ao Cristal, este de propriedade dos sogros de Carmen, bem perto da Plaça d'Octavià.

Essa noite, por ser véspera de feriado, o bar estava mais animado que de costume. Gabriel tomou seu primeiro copo na companhia de Antoni Comas e Dolors Lamarca, que no dia seguinte partiriam de trem a Paris para descansar por cinco dias. Dolors estava com um exemplar de *The Good Soldier*, de Ford Madox Ford. Tinha acabado de ler o livro e o ofereceu generosamente a Gabriel, com a condição de que depois o devolvesse à biblioteca do Instituto Britânico. Ele o recusou fulminante. "Nada de romances", declarou categórico, com o gesto de recusa de um ex-alcoólatra ante o convite para tomar um vinho. E não era mentira. Tirando seus trabalhos editoriais, fazia meses que Gabriel não lia romance algum. Nos últimos quatro anos, só tinha lido por puro desejo *Reivindicación del conde don Julián*, de Juan Goytisolo, e *La plaça del Diamant*, de Mercè Rodoreda. "Sendo assim", respondeu Antoni Comas, sob o olhar desafiador da mulher, "celebremos teu bom gosto." Brindaram. Além disso, completou Gabriel, devia manter distância do Instituto Britânico. Era persona non grata por lá. Vinham lhe pedindo há um lustro que devolvesse *The Golden Notebook*, de Doris Lessing, e *Live or Die*, de Anne Sexton. Depois de tanto tempo, achava que seria uma ridícula capitulação se desfazer desses livros que, embora originalmente não lhe pertencessem, eram seus por adoção.

Gabriel então reparou numa mesa próxima, onde um grupo de jovens ingleses, todos bêbados ou nas imediações da bebedeira, conversava aos gritos. Interrogou Carmen com os olhos, e ela captou a pergunta inteira. "Atores", explicou numa palavra. Gabriel deduziu que deviam estar rodando um filme em algum lugar da comarca. Ficou olhando na direção deles, como se fossem os tártaros que afinal atacavam. Um dos integrantes do grupo reparou no poeta, que balançava o copo de gim numa dança monótona da mão. Cruzaram o olhar e não o desviaram. O de Gabriel era de admiração, pois a profissão de ator sempre despertara seu assombro, por exigir um esvaziamento a ser preenchido com uma identidade provisória, que durava o tempo de gravação das suas cenas. O olhar do ator, ao contrário, pareceu a Gabriel ser de desdém, como se considerasse indigno beber em tão parca companhia, encostado num balcão e procurando um jeito de se embriagar sem dó. Esse desdém o fez pensar naquele belo diálogo entre o embaixador da Inglaterra – de cujo nome obviamente não se lembrava – e Abraham Lincoln, enquanto este limpava suas botas com um pano. O primeiro lhe disse com arrogância que os cavalheiros ingleses nunca lustravam as próprias botas. Então Lincoln parou de lustrar seu calçado, ergueu a cabeça e perguntou: "As botas de quem vocês lustram?".

Antoni Comas e Dolors Lamarca deixaram o bar, pois ainda precisavam fazer a mala, mas não demorou a chegar a El Mesón Maria Aurèlia Capmany. Perguntou o que Gabriel estava bebendo e, sem esperar a resposta, pediu o mesmo para ela. Deu um tapinha nas costas do poeta a modo de cumprimento. "Você quebrou os óculos de novo", notou a amiga, que era uma grande observadora. Gabriel os pendurara na gola em v do seu suéter. Maria Aurèlia era três anos mais velha que o poeta e, assim como ele, freguesa habitual de El Mesón. Quatro anos antes, ela ganhara o Prêmio Sant Jordi com *Un lloc entre els morts*, que Gabriel tivera a prudência de não ler. E não porque ela não insistisse.

Toda vez que se encontravam, Maria achava um jeito de puxar o assunto. Esperava que um dia, para evitar a repetição da cena, Gabriel finalmente lesse seu romance. "Não encontrei o momento adequado", ele respondia quase sempre, convencido de que para tudo existe o momento perfeito. Nessa noite, Maria voltou à carga e, quando o poeta alegou que aquele momento ainda não tinha chegado, ela sugeriu: "Então lê quando estiver ocupado". "Quando estou ocupado, já estou ocupado com outras coisas." Diante do olhar perplexo da mulher, Gabriel lhe explicou que uma noite, ao lado de uma ou duas garrafas de gim Giró, Jaime Gil de Biedma lhe dissera que alguns dos seus melhores poemas, ou aqueles de que ele mais gostava, haviam sido construídos durante as horas perdidas numa longa reunião de negócios. "Os negócios são muito bons para os negócios, mas também para o poema." Muitos dos seus versos ele os compusera enquanto realizava atividades completamente estranhas à poesia. "Para um poeta", assegurava Jaime Gil, "é bom ser vendedor de porta em porta, ou tecnocrata do serviço público, ou psiquiatra de segunda linha, ou prostituta." Na sua opinião, as atividades corriqueiras, como cozinhar uma carne com cogumelos, fazer a barba às oito e meia da manhã ou reunir-se com representantes de uma fábrica de carros eram perfeitas para a poesia. "Você pode estar falando com alguém e pensando no poema. Além disso, faz bem para o poema." Gabriel ficou pensando, e perguntou a Maria Aurèlia: "Não era o Felix Krull de Thomas Mann o personagem que, ao fazer amor, só falava em alexandrinos?". "E eu lá sei, porra?", respondeu mal-humorada, dando um gole do seu copo de gim e abrindo o amarrotado exemplar do *La Vanguardia* que estava sobre o balcão. Folheou-o de trás para frente. Deteve-se nos obituários. Estudou um por um. "Sabe o quê?", perguntou para Gabriel. "Não. O quê?" "Lembra do Indalecio Besteiro?" "Como não me lembraria do Indalecio? O que será dele?" "Morreu." "O Indalecio Besteiro?", perguntou Gabriel, incrédulo, virando-se para Maria e tirando o jornal das suas mãos. De fato, tinha morrido.

Gabriel pediu mais um gim. Agora que ele precisava, mesmo, de um trago. Os ingleses acabavam de ir embora e o bar tinha recuperado certa calma. "Pelo grande Indalecio", especificou, erguendo o copo. Tentou se lembrar da última vez que se viram. Deviam ter se passado, no mínimo, quinze anos desde então. Nesse meio-tempo ele tinha ouvido de terceiros, e até de quartos, que Indalecio envelhecia num asilo em Girona. Era autor de dois livros de poemas de tiragem mínima, logo esgotada, que nunca foram reeditados, atendendo a um desejo expresso do próprio autor. Era um caso paradigmático de poeta fantasma. Célebre mas inacessível. Essa insólita circunstância permitiu que a ausência de livros com seu nome em livrarias e bibliotecas corresse paralela ao engrandecimento da sua figura como poeta de culto. A falta de leitores capazes de saborear seus versos foi compensada pelo trabalho dedicado de alguns críticos e amigos que tiveram acesso à sua obra fantasmagórica.

Gabriel conhecera Indalecio pessoalmente quando sua poesia já havia cessado. Morava em Sant Feliu de Pallerols e nunca saía de lá. Era natural de Reboredo, uma minúscula aldeia da província de Lugo, aonde jamais voltou. Acabou a guerra, passou fome, esqueceu seu passado. Na contenda, tinha arrancado de uma morte certa alguém de quem nunca quis falar nem revelar a identidade, e este, chegada a hora, retribuiu arranjando-lhe um emprego vitalício de porteiro num banco. Indalecio era um funcionário no qual ninguém reparava. Um daqueles trabalhadores sombrios, invisíveis, contratados mas descatalogados, que chegam, batem o ponto, completam as horas da jornada e vão embora sem cruzar com ninguém. E quando cruzam, cumprimentam com um movimento da cabeça e devolvem o olhar para a ponta dos sapatos. Havia um quê de fantasma não apenas na sua lenda literária, mas também na sua silhueta, no seu casaco, na sola silenciosa do seu calçado.

A vida de Indalecio fora palco de um episódio memorável, no final dos anos quarenta, que Gabriel ouviu do próprio poeta no quarto ou quinto encontro que tiveram. Tudo acontecera depois da longa e penosa convalescença de um câncer que levara os médicos a lhe dar apenas três meses de vida. A família, que se reduzia à mulher e a um filho, como já o dava por morto, começou a antecipar os trâmites de um enterro que parecia iminente.

Até então, Indalecio estava entre a vida e a morte. Mas, milagrosamente, ele se recuperou. Numa manhã de maio, ainda muito debilitado por uma doença que, não obstante, já entrara em remissão, saiu de casa para dar um breve passeio. Os médicos e a família o proibiam terminantemente de fazer isso, mas nesse dia ele burlou a vigilância. Voltou muito antes do previsto, fora de si. Acabava de descobrir algo horroroso no abrigo da lenha. Entrou em casa irreconhecível, com os olhos saltando das órbitas e a expressão da boca fora de esquadro, perdido num nó impossível. Subiu ao sótão saltando os degraus de dois em dois e apanhou a espingarda de caça. Alimentou cada canhão com um cartucho, um para a esposa, outro para o filho, e desceu as escadas com a mesma convicção da subida. Depois de convocar a família aos gritos, anunciou que os dois tinham cinco minutos para pôr quatro coisas numa mala e abandonar a casa para sempre. Antes de saírem porta afora, Indalecio lhes perguntou se queriam dizer algo em defesa própria explicando por que havia um caixão escondido no abrigo, embaixo da lenha. Confirmou o que temia, ou seja, que o ataúde era para um Indalecio que os dois já haviam dado por morto de antemão. Depois disso, e até ser internado num asilo, ele viveu sozinho.

Gabriel sempre achara aquela história titânica, digna de um herói grego, e de uma lógica esmagadora para quem a ouvia da boca do próprio protagonista. Aquele poeta secreto, aquele samurai fizera a única coisa que cabia fazer. A discrepância se dava quando seus amigos tentavam convencê-lo, não mais a voltar a escrever, pois isso, embora só competisse a Indalecio, não dependia dele, mas a que pelo menos autorizasse a reedição da sua obra. Impossível. Recusa total.

"Do que será que ele morreu?", disse Gabriel. Olhou para Maria Aurèlia, que encolheu os ombros, levantou-se e se despediu dos presentes com um lacônico mas expressivo "vou embora". Gabriel a viu partir com os olhos marejados. "Um gim quádruplo, Carmen", pediu arrastando os erres, como era habitual na sua dicção. De repente, viu tudo arrasado e se pegou caindo na tristeza, daquele modo inesperado em que, ao pisar numa tábua podre, você despenca no vazio. Fechou o jornal e o dobrou ao meio. Empurrou-o através do balcão até deixá-lo fora do seu alcance.

TURIM

Está triste, como há quinze anos previu que estaria pelo resto da vida, quando seu amigo Sturadi, ao pé do trem em que Cesare voltava da sua reclusão em Brancaleone Calabro, deixou de sorrir e anunciou que *ela* se casara. Aí começaram as contradições, a degradação, o projeto de suicídio, a previsão da tristeza eterna. A maior parte dos dias ele acorda com esse sabor na boca. Nada o atenua. Só sua desaparição resolveria, mas ele vem prometendo isso há tanto tempo… Já se acostumou, imagina, ao sabor da tristeza, porque há muitas manhãs – parecendo uma iniciação à morte – em que ele nem sequer adverte sua presença. É como se tivesse desaparecido, portanto deduz que, se ela não está, é porque sua presença se tornou tão natural e onipresente que já não pode notá-la. Mas a tristeza está, sim. Todo esse vazio que ele carrega dentro de si, o nada, a nudez representam o sinal inequívoco de que ela está, e de que juntos formam a pessoa acabada que ele é, que todo dia se encaminha para o suicídio, mas ainda não chega lá.

Essa tristeza, em vez de retê-lo na cama, o expulsa. São onze horas da manhã. A cama de ferro onde ele morre a cada noite – adverte – e surpreendentemente ressuscita, pressagia a ideia de "túmulo" desde a infância. É uma mensagem que se transmite pela primeira vez no berço e nunca mais se apaga. A cama lembra a ele que, à força de perseverar na vida, acabará morrendo. "De súbito, um dia não nos levantamos mais, e a metáfora da cama se consuma", pensa com certa indiferença enquanto semiergue o corpo no colchão. Beberia, mas o copo na mesa de cabeceira está vazio.

Nessa noite dormiu menos de três horas, como de costume. No seu caso, parece que a noite não foi feita para dormir, e sim para se torturar à vontade, ao abrigo de um teto. Senão, por que sofreria tamanho tormento sobre uma cama? O efeito dos remédios o abandonou. Nada o acalma. Quando as drogas viram as costas, chegou-se àquele ponto em que também o canal de comunicação entre química e corpo é uma via morta. Nesse momento, o indivíduo está isolado e encurralado. Não tem saída.

Não está cansado, embora sinta permanentemente o hálito do tédio, como uma modalidade discreta de sombra. Está tão ligado a ele que pressente sua presença até durante as três horas de sono. Se um dia desaparecesse, o que seria de Cesare? Não saberia pensar. Talvez nem caminhar. Pesaria tão pouco que o vento o arrastaria, enquanto seu cérebro desmoronaria sem a argamassa monótona que o enfado proporciona quando avalia o que vai fazer a cada instante.

Senta-se na cama, já bem desperto, com as mãos apoiadas nas pernas. Levanta-se. Odeia-se. Abre as venezianas e entra uma catarata de luz, que o empurra. Abre a janela. Fecha os olhos. *As manhãs transcorrem claras/ e desertas. Assim teus olhos/ antes se abriam. A manhã/ passava lenta, era um rebojo/ de estática luz. Calava.*

Embalado pela claridade, lembra-se dos dois estranhos que ontem o abordaram no café Platti. Ele acabava de escrever três versos num papel e de jogá-lo no chão. Sua poesia já estava morta. Algo não *saía* dele, e isso o enfureceu. Nesse momento emergiram por entre a fumaça as duas figuras desalinhadas, ambas de cabelo comprido, um par de jovens esfarrapados que lhe perguntaram se podiam tomar um café e falar um pouco com ele. Como se houvesse algo do que falar...

Como regra geral, Cesare se nega a conhecer gente nova. "Não me interessa a mínima." Bastam os nomes e os rostos que já retém. Mas, surpreendentemente, convidou os jovens a se sentarem com ele, em vez de afastá-los da sua vista. Um deles colocou sobre a mesa os *Diálogos com Leucó*, como quem deixa suas credenciais à vista, para que seu interlocutor as admire. Nesse instante, pela analogia do movimento, Cesare recordou uma partida de baralho de que ele ouvira falar em Santo Stefano Belbo durante a juventude. À medida que foi recuperando essa lembrança, trasladou-a aos seus imprevistos acompanhantes. Eles esperavam que lhes falasse dos *Diálogos*. Cesare notou sua expressão de desconcerto quando, com uma cordialidade imprópria dele, começou a detalhar o ambiente de Santo Stefano na noite de inverno em que Giuseppe Guilda, um dos protagonistas da sua lembrança, saiu de casa. Atrás, na cama, ficava a mãe agonizante. Talvez porque sua progenitora já estava a um passo da morte, ele saiu com a consciência de que deixava tudo em ordem. Dirigiu-se à taverna e atracou no balcão. Bebeu.

Seu vizinho Ricardo Belcastro – Cesare contou aos jovens – já estava lá encostado, e mordido, quando Giuseppe entrou pela porta. Os dois se odiavam há trinta anos porque já os seus pais se odiavam. A presença de um para o outro era como que irreal, vazia, e mesmo quando seus olhares inevitavelmente se cruzavam, porque Santo Stefano Belbo era minúscula, seus olhos nunca se encontravam. Naquela noite, nada foi como de costume. Minutos antes de que a aldeia se estremecesse ao ver os dois vizinhos irreconciliáveis mano a mano no baralho, Giuseppe se aproximara de Ricardo. Não trocaram nem um cumprimento, nem um impropério, somente um desafio: "O prado do meu pai, na Bella Valle, contra o teu, na Terra di Sopra. Você tem aí o que é preciso para jogar tudo nas cartas?". "Tenho", respondeu Ricardo ríspido, sem pensar. Aquele homem, carcomido pelo ódio, não tinha a necessidade do pensamento.

Devorados pelo rancor ao rival que os pais lhes legaram como a melhor parte da herança, no meio da partida concordaram em dobrar a aposta. Quem perdesse abandonaria Santo Stefano, deixando a casa e tudo o que havia nela à disposição do ganhador. Quando a meia-noite ficou para trás, com sua melodia chuvosa, na hora em que os latidos dos cães se amolavam ao longe, as cartas e o destino se confabularam. Giuseppe se impôs. Naquela madrugada, quando Ricardo chegou em casa, levantou a mulher da cama. Contou-lhe o que tinha acontecido. Enquanto ela reunia o indispensável para abandonar Santo Stefano e nunca mais regressar, ele se ausentou por quinze minutos. Quando voltou, empreenderam a marcha. O casal já estava longe quando o amanhecer o apanhou. Giuseppe Guilda e sua mãe, por seu lado, jaziam apunhalados em casa quando a claridade entrou pelas janelas; ela na cama, ele na cozinha, ferido pelas costas com quinze punhaladas. "Ricardo Belcastro", explicou Cesare com o cachimbo entre os dentes, "não quis partir com o sabor da derrota total na boca."

Seus admiradores compreenderam que o poeta não ia dizer nada sobre os *Diálogos com Leucó*. Na realidade, não diria nada sobre nenhum outro assunto. Quanto aos *Diálogos*, estava tudo dito desde o dia em que acabara de escrevê-los. O que um autor pode acrescentar sobre sua obra depois de escrita? Cesare caiu no silêncio, dolorosamente, como quem cai da bicicleta. Acendeu o cachimbo. A cortina de fumaça os separou, e eles se despediram.

Na vida, os outros esperam tudo de você – pensa ainda sentado na cama – que tenha as ideias mais brilhantes, a melhor disposição o tempo todo, que anime o auditório. E o certo é que você, que já não espera nada de si mesmo, é abandonado justamente pelas ideias brilhantes e pela boa disposição nessa hora de expectativa.

Essa dificuldade de estar à altura do momento em que os outros esperam que você beire a perfeição é comum até mesmo entre as personalidades mais geniais. Flavio Einaudi costuma citar a ocasião em que ele esteve com Ludwig Wittgenstein em Genebra. Flavio e dois amigos se hospedaram por acaso no mesmo hotel que o filósofo vienense e o convidaram para almoçar. Todos esperavam ser iluminados pelo gênio, mas este passou metade da refeição falando de uma loção francesa contra a queda de cabelo. Era milagrosa. Tinha um fedor insuportável, mas seu uso sistemático garantia certos resultados. Einaudi permaneceu o tempo todo atônito e, como é um homem extremamente tímido, só foi capaz de abrir a boca em dois momentos, para dizer "interessante". No restante do encontro, limitou-se a arriscar alguns monossílabos ligados àqueles temas sobre os quais gostaria de interpelar Wittgenstein, mas que logo teve que engolir. Seus amigos o imitaram, e a entrevista histórica com o filósofo acabou reduzida a uma anedota. A decepção é uma ameaça constante porque é impossível se comunicar com os outros. Cesare não consegue, nunca conseguiu.

Lamenta não recordar qual foi o jogo de baralho que decidiu o destino de Giuseppe e Ricardo. Cinco minutos depois de aqueles dois jovens se retirarem, ele também se levantou. Foi bom caminhar numa cidade anoitecida e silenciosa. Passeou paralelo ao rio Pó, como outras vezes. Em meio a tanto silêncio, escutou sua melancolia. Por sobre tudo, dominando o perímetro da cidade, pairava o forte cheiro de fuligem, um traço muito familiar do seu passado. À meia-noite, escutou o último apito do trem.

Já em casa, depois de ler em grego algumas passagens da *Ilíada* que ele sabe de cor há vinte anos, entregou-se à releitura de *Wakefield*, de Nathaniel Hawthorne. Não entende como ainda pode brotar um sorriso dessa tristeza que tudo cobre e decompõe. São os mistérios da existência, aqueles fatos inexplicáveis que, mesmo já sem a menor ilusão, do nada oferecem um ato de vida. Nunca entendeu como, sabendo o que ele sabe, é capaz de incorrer em um ato negado pelo seu saber.

BUENOS AIRES

Abandonada pela insônia no meio da madrugada, ela tenta escrever, mas é impossível. Deve se conformar em ensaiar a tentativa. Alejandra escreveu muitas vezes *rumo* à morte, e foi dessa tendência que surgiram seus melhores poemas, mas agora ela quase teria que escrever *a partir* da morte. Algo lhe diz que vai morrer hoje. Ela sabe disso. Vê tudo fechado. Não há fora nem dentro, e isso significa muito. Faz tempo, anos até, que ela vive acompanhada dessa sensação, de que cada dia é o final, ou o antefinal, mas a cada noite se esquecia do suicídio. A proximidade da morte lhe roubou o lápis, os traços, e por isso não consegue escrever, ou ao contrário. *Faz tanta solidão/ que as palavras se suicidam.*

Quando o final se aproxima, ninguém consegue pensar em mais nada além do próprio final. A menos – recorda – que você seja Évariste Galois. Alejandra tem admiração por esse matemático incompreendido que, em 29 de maio de 1832, se envolveu numa briga de taverna por causa de uma mulher. Não pôde evitar o duelo com um provocador profissional. Marcaram o encontro ao amanhecer. Mas o duelo e a proximidade da morte de Évariste Galois são o de menos. A história reservou um lugar de destaque a tudo o que aconteceu na noite anterior ao evento. Convencido de que iria morrer, enquanto não chegava a hora, Galois voltou para casa e se pôs a escrever febrilmente. Primeiro, algumas cartas de despedida para os amigos, em seguida, e mais importante, seu testamento matemático, no qual legou uma revolucionária descoberta ao propor a solução de um problema que, até então, em virtude das contribuições de Niels Henrik Abel, considerava-se insolúvel. É isso o que impressiona Alejandra, a capacidade de Galois ignorar que vai morrer dali a poucas horas. Escreveu a obra numa noite, uma obra de grande peso, fundadora da matemática moderna. O duelo foi decidido com espadas, contra o campeão de esgrima do exército francês, e Galois faleceu, tal como ele previra. Nesse caso, a pessoa encontrou a força, se não o bom humor, para fazer algo criativo ciente de que morreria em poucas horas.

No silêncio que a poesia lhe devolve, Alejandra teme a noite pela primeira vez. Até agora, tinha sido seu último refúgio, o momento de paz, a hora em que tudo se salva depois de passear pelo barranco. *Não me entregues,/ tristíssima meia-noite,/ ao impuro meio-dia branco.* Tudo aquilo de bom que lhe aconteceu na vida foi à noite. Sua biografia se estrutura, de fato, em torno de um extenso índice de noites. As grandes lembranças, as grandes verdades, os momentos brilhantes, o curso apressado e frágil da felicidade ocorreram enquanto o mundo dormia. Não há uma noite, mas muitas. Há noites de uísque e noites de vinho, e até noites de chá e água mineral. Há noites de Paris e há noites de Buenos Aires. Há noites dos anos cinquenta e há noites dos sessenta. Há noites em casa e há noites nos bares. Há noites de lucidez e noites de delírio. Em todas elas, a poesia atravessa pelo meio, como o uivo de um lobo.

Com todo o silêncio do edifício borbulhando no seu quarto, a poeta escolhe para recordar a noite de Oliverio Girondo. Foi em 54 ou 55, não sabe ao certo, e tudo mudou para sempre, ainda que o futuro lhe reservasse outras noites em que tudo voltou a mudar invariavelmente. Ela entrou na mítica casa de Girondo pela mão de Juan-Jacobo Bajarlía, que a introduzira nas literaturas de vanguarda durante as aulas a que Alejandra assistira na Escola de Jornalismo. Tornaram-se amigos íntimos. A noite se transformou não tanto no tempo, mas no seu lugar. Naquele território aconteciam as únicas coisas que lhe interessavam. Conhecer Bajarlía foi o salvo-conduto para depois chegar a Edgar Bayley, Aldo Pellegrini e Enrique Pichon-Rivière.

Quando, naquela noite de 54 ou 55, Alejandra se preparava para conhecer Oliverio Girondo, ela já ouvira histórias incríveis sobre o introdutor das vanguardas na América. Entrou na sua casa na Calle Suipacha 1444 e atravessou a porta atrás de Bajarlía. Nas sombras, topou de frente com um espantalho. Estava vivo. Então se lembrou da lenda mais célebre de Oliverio, que remetia a 1932, ano em que, justamente, veio à luz seu livro *Espantapájaros*. Causou um enorme escândalo em Buenos Aires. Extasiado, Girondo planejou uma grande recepção para divulgar sua obra, contratando um carro fúnebre puxado por seis cavalos e conduzido por um cocheiro com lacaio. Atrás deles instalou um grande espantalho de cartola, monóculo e cachimbo, com corvos revoando ao redor. Semelhante carro alegórico, desconcertante e tétrico, propagandeou o livro circulando pela cidade durante várias semanas. A experiência foi um sucesso sem precedentes na Argentina, e a primeira edição da obra se esgotou em um mês.

Oliverio estava sentado numa bergère, desfiada pelos gatos e com queimaduras de tabaco por onde supurava o estofamento. Segurava um copo nas mãos, sem gelo. Tratava-se de Oliverio, portanto só podia ser uísque, cujo consumo substituíra o da água. Sobre suas pernas repousavam as provas de prelo de um livro que com o tempo também acabaria se tornando mítico: *En la masmédula*. Ao lado do poeta, com um grande charuto na boca, Norah Lange, sua mulher, soltava uma grande gargalhada. Metia medo. Havia outras pessoas na casa e muitas vozes ecoando ao mesmo tempo, porém nada em que Alejandra reparasse com interesse, tomada que estava pela emoção de adentrar o templo do vanguardismo e já ser consciente – inconscientemente – de que naquele instante estava ocorrendo uma ruptura com seu mundo literário anterior. Meses mais tarde, de fato, ela publicaria *La tierra más ajena*, seu primeiro livro, que, com o passar dos anos, descontente com os poemas, ela foi tomando de volta das pessoas a quem o dera.

Algo se quebra dentro de Alejandra, como um galho seco. Sente vontade de chorar. Passam alguns minutos. Chora, enfim. A noite a desespera com o silêncio improdutivo que propõe. Justamente, a noite e o silêncio. É como se seus aliados, no seu pior momento, se voltassem contra ela e maquinassem eliminá-la "com brio, não com sanha", trinchando-a "qual manjar digno dos deuses, não rasgada qual carne para os cães", como se seu sangue tivesse que correr a todo custo, a exemplo da tragédia romana de Shakespeare.

Toma mais um comprimido. Faz uma tentativa de escrever para Cortázar para lhe agradecer o envio dos livros, mas também a prosa refuga. Agora lamenta não ter pedido a Olga para passar a noite com ela. A solidão nem sempre dá companhia. *Eu não sei de pássaros,/ não conheço a história do fogo./ Mas acho que minha solidão deveria ter asas.*

Na mesa de cabeceira, em tarefas de vigilância, permanece o exemplar de *Niebla*, de Unamuno, que na sexta-feira, ao deixar o psiquiátrico, pediu emprestado a Roberto Yahni. Não pode senão sentir frio. Seu destino já conflui com o de Augusto Pérez, ela se sente também um ser ficcional, um fantasma, alguém que perambula entre o sono e a vigília, a vida e a morte. Nada tem sentido, e a esse vazio se acrescenta, como no romance unamuniano, a *preocupação* literária. Sua poesia desapareceu. *A gaiola virou pássaro/ e já voou/ e meu coração está louco/ porque uiva para a morte/ e sorri atrás do vento/ aos meus delírios./ O que farei com o medo?*

BOSTON

Pensou na sua vagina e em que talvez devesse escutá-la, do contrário o poema não se tornaria *necessário*, não cresceria para as profundezas. Anne não conseguia escrever de verdade, comprometendo a própria vida, se a *voz das coisas* não lhe sussurrasse antes. Todo poema é uma transcrição das confidências de uma voz dirigida à autora num registro que só ela pode decifrar. É a voz inaudível. Sentada diante da máquina de escrever, no pequeno escritório que montou na sua solitária casa em Weston, fechou os olhos e deixou cair as mãos sobre as pernas, lentamente. Devagar, suspendeu o vestido até os quadris e introduziu uma mão por entre a calcinha. O silêncio apertava a casa, e ela começou a se acariciar, procurando a confissão da vagina nos estertores da tarde. Masturbou-se arrastada por uma onda imprevista, sem margem para advertir em que medida a voz lhe falara. Sentiu-se vazia e inútil. Não captou o sussurro. Mas isso já era normal. Fazia uma semana que não completava um verso e, impotente, abraçou-se à sua máquina de escrever. Naquela Underwood tinha escrito parte da sua obra. Sentiu vertigem. E se ela já fosse uma autora vazia, esburacada, dissecada?

O pânico a empurrou para sua bolsa, onde cavoucou até achar os remédios, e engoliu dois comprimidos a seco. Representava o movimento de uma liturgia aprendida, como o padre que a cada cerimônia abre o sacrário e extrai o cálice, elevando-o sobre a cabeça para em seguida pronunciar as palavras de sempre. *Mula do sono,/ mula da morte,/ toda noite com pílulas nas mãos,/ oito por vez tiradas de lindos frascos de farmácia,/ faço os preparativos para uma escapada./ Sou a rainha desse estado,/ especialista em fazer a viagem,/ e agora me chamam de viciada.*

Quando os calmantes desciam pela garganta, tocou o telefone vermelho que ela mandara instalar no escritório para falar com Maxine. As duas dispunham de uma linha exclusiva, reservada para longas conversas. "Que é que você está fazendo?", perguntou Maxine, entediada. "Acabo de me masturbar." "Que bom. Acho que eu também vou, logo mais. Essas coisas são contagiosas, como os bocejos. Liguei porque acabo de achar uma foto tua entre as páginas de um livro de poemas do Pavese. Você aparece ao lado da Sylvia. Estão sentadas na grama. A foto tem data de janeiro de 1960." "Esse livro também é meu", disse Anne antes de cair em uns segundos pensativos. "Já sei. Quem tirou essa foto foi o Lowell, no Boston Common, quando saíamos da oficina de poesia. Acho que foi numa quinta-feira. Isso mesmo, foi numa quinta. Lembro perfeitamente porque no dia seguinte a Sylvia e eu pegamos um ônibus e passamos o fim de semana juntas. Na verdade, tínhamos fugido para nos suicidar."

"Você nunca me contou nada dessa história", disse Maxine, acomodando-se no sofá. "Não sei por quê", confessou Anne, que falava sentada na cadeira do seu escritório, diante da Underwood. "Mas para te contar o episódio preciso de mais um trago. Espera aí." Deixou o telefone sobre a mesa e foi até a cozinha. Preparou uma vodca urgente. Quando finalmente esteve em condições de falar, relatou a Maxine como ela e Sylvia trocavam confidências sobre suas tentativas de suicídio durante as aulas de Lowell. "Até que um dia não sei qual das duas fez a proposta. De nos matarmos juntas, quero dizer."

Aquilo ficou na expressão de uma ideia, e nada mais. Passaram-se alguns meses. As duas atravessavam um momento especialmente depressivo quando a ideia ressurgiu. Elas se encontravam de tarde para beber e discutir o assunto. Sylvia contava como sua vida estava vazia, e Anne dava detalhes do desespero que lhe causava não conseguir se comunicar com as pessoas que a rodeavam; quanto mais próximas, mais grossos pareciam os muros através dos quais devia falar com elas. "Combinamos de nos deitar sobre os trilhos do trem. A morte seria simultânea, imediata, bonita até. Nós duas tínhamos admiração pela força da locomotiva e pelo poder metafórico dos trilhos."

Naquela sexta-feira, dia seguinte ao da foto, Anne e Sylvia subiram num ônibus em direção a Springfield. Planejaram o fim de semana minuciosamente, embora, como em tudo aquilo que se planeja em detalhes, estivesse reservado um papel de co-protagonista para a improvisação. Numa medida muito exata, alquímica, a morte necessita brotar de um exercício de naturalidade. Springfield não era o destino final da duas, mas antes de rumarem para Milton, onde previam morrer, elas quiseram realizar um sonho da juventude visitando a cidade de Amherst, onde Emily Dickinson se consagrara em segredo à poesia por décadas. "Desejávamos conhecer aquele quarto em que, fechada durante grande parte da vida, ela escreveu toda sua obra. Você sabia que nos últimos quinze anos de vida ninguém em Amherst a viu fora de casa?" Pouco depois que ela morreu, sua irmã Vinnie, numa dessas grandes faxinas que muito de vez em quando são feitas numa casa, descobriu ocultos no quarto de Emily quarenta volumes encadernados à mão, com mais de oitocentos poemas nunca publicados nem lidos por ninguém.

"Fizemos o trecho de Springfield a Amherst de carona, primeiro com um casal que tinha conhecido Zelda e Scott Fitzgerald numa festa em Nova York, depois com um caminhoneiro que transportava animais vivos e que nos propôs um menage à trois campestre." Chegaram ao torrão de Dickinson quase de noite e só conseguiram um quarto ruim de matar numa pensão absolutamente deprimente. A dona, uma viúva que assegurou ser a última pessoa que viu Emily passear por Amherst de mãos dadas com a irmã antes de se recluir para sempre na mansão da família, consentiu em lhes ceder um dormitório abarrotado de caixas. No sábado de manhã, visitaram o túmulo de Dickinson, onde recitaram alguns poemas e deixaram escrito mais um, no mínimo, mas não encontraram ninguém na casa que lhes permitisse ver o quarto.

Chegaram a Milton, ao sul de Boston, no fim da tarde. A escolha não era casual. Anne conhecia bem o lugar e sabia que nas imediações de Milton o trem que fazia a linha Nova York–Boston atravessava numerosos trechos de túneis. "O túnel era o ponto ideal, a ratoeira perfeita, o maquinista não teria tempo de reagir e, quando tentasse acionar o sistema de frenagem, o comboio já teria esquartejado as duas", disse com sua habitual crueza.

"Vocês chegaram a se deitar nos trilhos?", perguntou Maxine, com sua paixão pelos detalhes, enquanto Anne aproveitava para acender mais um cigarro. "Sim, mas não passou nenhum trem." As duas vararam a tarde e a noite bebendo. Sylvia queria deixar um bilhete de suicídio, enquanto Anne achava que era melhor não desfazerem nem uma única dúvida. Quanto mais demorassem a encontrar e identificar seus corpos, melhor. Não chegaram a escrevê-lo, assim como não chegaram a se suicidar. "Mas, três anos mais tarde, Sylvia se adiantou e me roubou a morte", lamentou Anne, falando e fumando ao mesmo tempo.

Um dos trens que fazia o percurso entre Nova York e Boston tinha descarrilado no sábado de manhã, e o tráfego ficaria cortado por quarenta e oito horas. Elas só souberam disso no dia seguinte, ao ver a locomotiva tombada na capa do *Boston Globe*. Portanto, caminharam do último bar até um dos túneis e, cansadas de esperar em vão que passasse um trem, voltaram cambaleando para o motel absolutamente bêbadas. "Ali curtimos a ressaca durante todo o domingo e depois voltamos para Boston aos cacos, decididas a não dar explicações do que tínhamos feito naquele fim de semana", explicou Anne.

Falaram por mais meia hora. Anne gostava de fumar no escuro e, quando se despediu de Maxine e desligou, permaneceu na sua cadeira com o escritório completamente às escuras, escutando os ruídos do seu organismo cheio de vodca. Nesse momento, deixou de entender o que estava fazendo ali, num lugar vulgar do mundo. Ficou sem chão. Não sabia definir no que consistia estar viva nem conseguia resgatar do seu passado algo que valesse a pena ser lembrado. Tudo tinha um passado, menos ela. Até o zero, apesar de representar uma posição vazia, tinha uma história a ser rastreada. Olhou para as pernas e lhe pareceram feias. Observou os pés descalços, e os achou toscos. Os sapatos, ao lado, refletiram um gosto decadente. Reparou no sabor de tabaco na boca e se definiu como uma mulher suja e vulgar que postergara a hora do vazio com a poesia, mas que, ao mesmo tempo, com a poesia se despejara de dentro de si até ficar reduzida a paredes e pintura nas paredes. Tudo ia bem e de repente foi muito mal. Foi num instante que escapa a um segundo, no tempo em que se enchem e esvaziam os pulmões, no intervalo em que se pisca, no instante em que se engole saliva, justo no tempo que essas coisas levam para acontecer, tudo deixou de ir bem e passou a ir mal. Péssimo. Enojada, Anne se levantou e se dirigiu à garagem descalça e com o copo vazio numa das mãos.

SANT CUGAT

Quando abriu os olhos, Manuel Teixidó, o dono da oficina de bicicletas, tentava erguê-lo puxando-o por um braço. "Gabriel, você tem que parar de beber", rogou num tom misericordioso quando conseguiu levantá-lo. Diante daquela figura desalinhada e cambaleante, o mecânico viu na sua verdadeira dimensão os estragos que o álcool fizera no homem de óculos escuros, paletó de cheviote, dedos amarelados, cabelo branco, olhos azuis e incapaz de pronunciar os erres que se fizera tão querido pela gente de Sant Cugat. "Você já vai abrir?", perguntou o poeta, mantendo-se em pé por conta própria, num equilíbrio precário. "Hoje não se trabalha. É dia de Montserrat. Há quanto tempo você estava aí jogado?" Gabriel encolheu os ombros. Consultou o relógio. Não devia ser muito, pensou, porque agora eram cinco e meia da manhã. Calculou que devia ter dormido uma hora, duas no máximo, sobre as bicicletas.

Manuel abriu a oficina, estudando o perímetro, como se temesse a presença de algum estranho, e convidou seu vizinho a entrar. Ofereceu-lhe assento e perguntou por Marta. "Como foi que você acabou aí, em cima das bicicletas?" Gabriel lhe explicou que Marta viajara no dia anterior para passar o feriado com a mãe, "a senhora Montserrat", e em seguida – diante da profusão de bicicletas – começou a falar naquele ritmo submisso dos bêbados do tempo da guerra, quando ele e seus amigos se dedicavam justamente a roubar bicicletas. "Eu fui um grande ciclista", alardeou, "mas só de noite." De bicicleta, ele e seus amigos escapavam para Reus, até a fábrica de conhaque que o pai de um deles tinha lá. "Você pode imaginar que a fábrica era uma porcaria, como todas as que havia em Reus. A elaboração do conhaque consistia em fazer passar água por uma tubulação, álcool por outra, e de vez em quando jogar um copo de essência de conhaque. Mais nada. Mesmo assim, roubávamos aquele veneno e o trocávamos por cigarros nas Brigadas Internacionais. Escuta, Manuel, você não tem nada para beber aqui na oficina?", perguntou interrompendo a narração. Manuel negou com a cabeça, sem pronunciar uma palavra, quase celebrando uma antiga decepção.

"Naquele tempo", retomou o poeta, resignado, "os cigarros eram a moeda mais forte. Com eles, você comprava de tudo. De salames a mulheres." Depois da guerra, quando Gabriel voltou de Bordeaux, soube pelo dono do bar Bol de Oro – que na época passara a se chamar bar España – que "um dos seus fregueses brigadistas com quem negociávamos o conhaque era o famoso coronel Tito".

Aquela história não comoveu Teixidó, que o convidou a se levantar e voltar para casa e lá "curtir a ressaca". Mas o poeta era feliz na companhia de pessoas como Teixidó, que desempenhavam um ofício, completamente afastadas da "estupidez", como ele a chamava, da autodenominada intelectualidade, que tinha reações secundárias diante da vida, sempre interferidas pela ideologia. As pessoas simples, ao contrário, tinham reações primárias, saudáveis. Gabriel agradeceu ao vizinho por escutá-lo e se encaminhou para casa.

Quando conseguiu enfiar a chave na fechadura e empurrou a porta, notou um vazio absoluto, cósmico. Tudo estava no lugar, exatamente como ele o deixara, mas no fundo não *havia* nada. Lá estavam seus livros, apenas os duzentos que formavam sua biblioteca íntima, algumas fotos emolduradas, os papéis que tivera tempo de espalhar depois que Marta, garantidora da ordem na casa, se ausentara, e lá estavam também a garrafa e o copo no qual se servira um gim-tônica antes de sair para El Mesón. Gabriel, em consonância com o que o rodeava, se sentiu roubado. Não *tinha* nada.

Aquela cena, na perspectiva da porta aberta, às vezes aparecia nos seus sonhos. Na última ocasião – poucas noites atrás –, ele vira si mesmo no final de uma aula de linguística. Depois de discutir com uma aluna a nota de uma prova, voltava para sua sala, um cubículo aonde se chegava depois de percorrer um longo corredor em que nunca cruzava com ninguém. Gabriel abria a porta e descobria sobre a mesa um livro solitário, sem título nem autor na capa vermelha e surrada. Sentava-se e passava um dedo pelo rosto, pensativo. Estava confuso não tanto por causa da presença misteriosa do livro, mas pelo fato de alguém ter entrado às escondidas na sua sala, enquanto ele dava suas aulas, para deixar o volume sobre a mesa. Era isso que o angustiava no sonho, a presença de alguém desconhecido. Por que deixaram aquele livro lá? E o que o livro tinha de particular, além de carecer de título e de autor? Uma hora depois, durante a qual preparou a aula do dia seguinte, o poeta pegava o livro – que ainda não se atrevera a abrir – e deixava a faculdade. Caminhava por meio quilômetro até o ponto de ônibus. Pegava o 14. Finalmente relaxado, examinava o volume com atenção e curiosidade. Só nesse momento notava que uma das páginas, perto do final, estava dobrada. Ele o abria justo ali. Havia uma seta rabiscada com caneta preta indicando o início de um parágrafo. Lia: "Depois de discutir com uma aluna a nota de uma prova, voltava para sua sala, um cubículo aonde se chegava depois de percorrer um longo corredor em que nunca cruzava com ninguém. Gabriel abria a porta e descobria sobre a mesa um livro solitário, sem título nem autor na capa vermelha e surrada". Assustou-se, lógico. Mas continuou lendo algumas linhas abaixo: "Caminhou por meio quilômetro até o ponto de ônibus". Suas mãos tremeram, e sentiu medo. Avançou duas páginas e soube que, quando chegasse em casa e empurrasse a porta, tudo estaria "revirado e prestes a acabar". Nesse momento, Gabriel acordava e ainda continuava vivo.

Encheu de gim o copo que estava sobre a mesa e bebeu de um gole. Tinha tocado o limite, o muro, tudo começava a rachar. Encheu-o uma segunda vez e de novo deu um gole longo e definitivo. Depois foi até seu quarto e, na mesinha de Marta, na primeira gaveta, encontrou uma caixa de calmantes. Tirou três comprimidos, que deixou respirar por alguns segundos sobre a palma da mão antes de engolir todos de um golpe. Fez um movimento automático, jogando a cabeça para trás. Despojou-se da gabardina e a largou sobre a cama. No encosto de uma cadeira da sala, pendurou o paletó. A solidão voltou a lhe falar, mas ele a interpretou como a incontornável antessala do fim. Sabia há tempos que para o céu ou para o inferno se vai sozinho. Nesse vazio que o rodeava como um exército perante o qual só resta render-se, ainda teve três recordações. Lembrou-se de Jaime Salinas e do silêncio que ele soube guardar em 1957, aceitando que esse momento chegaria e seria inevitável que Gabriel cumprisse seu vaticínio. Lembrou-se de que deixava uma dívida de trinta e nove mil pesetas na livraria Herder, que Marta – se bem a conhecia – com o tempo saldaria por completo, ainda que a prazo.

Lembrou-se de que com ele não aconteceria o mesmo que com Raymond Chandler, que tentou se suicidar mas errou o tiro e, se nunca mais o tentou, teve que aguentar os amigos caçoarem dele dizendo que escrevia bons romances de crimes, mas que não sabia se suicidar direito. Tudo o que aconteceu depois foi mecânico, como se na realidade ocorresse num tempo passado. Foi até a cozinha, abriu uma gaveta, pegou um saco do lixo, voltou à sala, sentou-se no sofá, tirou os óculos escuros, enfiou a cabeça no saco, apertou-o no pescoço, esperou. *Por ora, não falemos:/ não vamos perturbar/ os outros com a ferida/ toda de sangue e pus./ Que o esqueçam com o tempo./ Mudos até que ninguém,/ nem eu, ainda possa/ confundi-lo comigo.*

Este livro foi composto na fonte Sabon e impresso
pela gráfica Paym, em papel Lux Cream 60 g/m², para a
Editora WMF Martins Fontes, em novembro de 2023.